LA TROUPE

DE

MOLIÈRE

ET LES

DEUX CORNEILLE

A ROUEN

EN 1658

PAR

F. BOUQUET

PARIS

A. CLAUDIN, ÉDITEUR

3, rue Guénégaud, 3

—

M.D.CCC.LXXX

MOLIERE

et sa troupe.

A ROUEN.

LVTETIÆ PARISIORVM.

Ex officina Elzeviriana Rediviva. A.º 1866.

LA TROUPE

DE

MOLIÈRE

ET LES

DEUX CORNEILLE

À ROUEN

EN 1658

PAR

F. BOUQUET

PARIS

A. CLAUDIN, ÉDITEUR

3, rue Guénégaud, 3

—

M.D.CCC.LXXX

A M. A. CHÉRUEL

Recteur honoraire et Inspecteur général honoraire
de l'Université.

'EST à l'enfant de Rouen, à l'ami de quarante ans, à l'éminent historien de notre chère cité, que j'ose dédier mon modeste travail.

ROUEN, CORNEILLE, MOLIÈRE, que le premier, par votre enseignement et par vos livres, si solides et si goûtés, vous m'avez appris à connaître et à aimer, forment le sujet de cette étude.

Puissent ces pages, où je tente de jeter quelque lumière sur l'un des points les plus obscurs de notre histoire locale et sur les rapports intimes de deux grands génies, dans notre commune patrie, obtenir vos suffrages!

P. BOUQUET.

AVERTISSEMENT

'ÉTUDE *de Molière et sa troupe à Rouen*, en 1658, a déjà été publiée, dans la *Revue de la Normandie*, pag. 143-156. — Rouen, E. Cagniard, 1865.

L'auteur en avait fait faire un tirage à part, très-restreint, qui n'a point été mis dans le commerce. Aussi ce n'est pas sans peine que la Commission du Grand Jubilé de Molière put, à l'occasion de la mort de notre célèbre comique, en trouver un exemplaire destiné au *Musée-Molière*, ouvert par M. H. Ballande, au Palais de l'Industrie, du 15 au 23 mai 1873.

D'après le témoignage des personnes qui

ont le mieux connu la vie de Molière, le
mérite de cette étude répondait à sa rareté.

M. Eudore Soulié, à qui l'on doit les
savantes *Recherches sur Molière et sur
sa famille* (1863), écrivait à l'auteur, le
17 avril 1865 : « Mais ce qu'il y a surtout
de très-important dans votre article, et qui
vous appartient bien, c'est la manière dont
vous justifiez le nom de mademoiselle
Béjard dans la lettre de Th. Corneille du
19 mai 1658. Je ne doute pas un instant
que vous ne soyez dans le vrai, et voilà
enfin une preuve contemporaine du passage
de Molière à Rouen. »

De son côté, l'auteur de l'*Histoire de la
vie et des ouvrages de Molière*, M. J. Taschereau, écrivait à M. Bouquet, le 16 juin 1865 :
« Dans *Molière et sa troupe à Rouen*, vous
avez eu de bonnes rectifications que j'ap-
pellerai instinctives, puisque vous avez
mieux lu, *sans la voir*, une lettre de Th.
Corneille que l'éditeur qui l'avait eue sous
les yeux. »

Mais M. Taschereau faisait des réserves
sur les parties de ce travail, où M. H. Soleirol
était invoqué comme une autorité. « Quant
à tout ce que M. Soleirol a imprimé, Mon-

sieur, je puis vous assurer que c'est une
erreur constante... Vous verrez, quand vous
aurez approfondi cette question, comme
vous savez le faire, qu'un dire de M. Soleirol n'est pas digne de la moindre créance. »
La démonstration en sera fournie par la
citation, aux pièces justificatives, de cette
partie de la lettre de M. Taschereau.

Un examen attentif ne tarda pas à convaincre M. Bouquet que la plupart de
ces observations étaient justes, et, sauf une
seule fois, il s'est empressé de retrancher,
pour cette nouvelle édition de son travail,
les faits empruntés au *Molière et sa troupe*
de M. Solei ol, et les conséquences qu'il
en avait précédemment tirées. Mais il a pu
compléter son œuvre primitive à l'aide de
plusieurs documents nouveaux, retrouvés
pendant les douze années qui se sont écou-
lées entre la première et la seconde édition
que nous donnons entièrement refondue,
trois fois plus considérable et enrichie de
pièces justificatives fort curieuses.

Parmi ces dernières, il faut remarquer
l'acte authentique constatant la présence de
Molière à Rouen dès 1643. On en doit la
découverte à M. E. Gosselin, le laborieux

et intelligent greffier-archiviste de la Cour
d'appel de Rouen, qui, en 1870, a eu l'heureuse fortune de déterrer cet acte au milieu
des registres du tabellionnage de Rouen.

La rareté du tirage à part de *Molière et
sa troupe à Rouen;* l'accueil favorable que
les hommes les mieux renseignés sur la
vie de Molière ont fait à la première édition de cette étude; les nombreuses amé-
liorations apportées par l'auteur à son travail primitif, nous ont déterminé à en
faire une seconde édition qui réunira,
nous l'espérons, les suffrages du public
lettré.

En 1861, pour les douze années qui
s'étendent de 1646 à 1658, où Molière parcourut la France, M. Sainte-Beuve disait :
« C'est dans cet itinéraire qu'il faudrait le
suivre à la piste, non plus par des légendes
et des anecdotes arrangées à plaisir, mais
par des actes positifs dont la minute doit
se trouver dans des études ou des archives
de province. »

C'est en suivant cette voie que M. Bouquet a révélé, sur la dernière étape de
Molière et de sa troupe, deux documents
nouveaux, par la rectification du texte de

la lettre de Thomas Corneille, et par l'in-
terprétation d'un passage des registres de
l'Hôtel-Dieu de Rouen. De plus, habitant
Rouen, il a pu y faire des découvertes per-
sonnelles, fournir des détails de topographie
locale, et, s'aidant des travaux les plus ré-
cents, jeter quelque lumière nouvelle sur
« l'un des points les plus obscurs de la vie
de Molière ».

De son côté, l'éditeur a donné tous ses
soins à l'exécution typographique. Aussi
espère-t-il que cette publication sera bien
reçue des bibliophiles, toujours désireux de
connaître des détails certains et nouveaux
sur la vie d'un homme aussi marquant et
aussi célèbre.

A. C.

MOLIÈRE

ET

SA TROUPE A ROUEN

ous les écrivains qui se sont occupés de l'histoire de Molière
n'ont point donné jusqu'ici de
détails sur le séjour de plus de
cinq mois que sa troupe fit, à Rouen, en
1658. Ils se sont bornés à mentionner le
fait, et rien davantage.

La pénurie des documents, et non l'absence des recherches, est cause qu'un voile
épais couvre encore la dernière étape de
ces douze années de pérégrinations, plus
ou moins interrompues, que la troupe de
Molière fit en province, avant son établissement définitif à Paris.

Soulever un coin de ce voile, en groupant, en interprétant, en complétant les rares documents découverts jusqu'à ce jour, d'où sortiront les premières preuves contemporaines du séjour de cette troupe à Rouen, à la date indiquée, tel sera le but de cette étude.

Le fait et la date de la venue de Molière à Rouen, avec sa troupe, en 1658, n'ont jamais été révoqués en doute, bien établis qu'ils sont par l'*Abrégé de la vie de Molière*, placé en tête de l'édition de ses œuvres de 1682. « Il passa le carnaval à Grenoble, en 1658, en partit après Pâques, et vint s'établir à Rouen [1]. »

Mais c'est à peu près, avec le titre des

---

1. C'est Bruzen de la Martinière qui nous apprend, dans la vie de Molière mise en tête de son édition des Œuvres, *Amsterdam*, 1725, 4 volumes pet. in-12, qu'un nommé Marcel, « qui joignoit à la profession de comédien celle d'homme de lettres », est l'auteur de la préface biographique de l'édition de 1682 des Œuvres de Molière, faite par Vinot et La Grange. Voir : *Bibliographie moliéresque*, par Paul Lacroix, page 208. — M. Edouard Thierry croit cette biographie de La Grange. Voir la Notice biographique placée en tête de l'édition du *Registre de La Grange*, Paris, Imprim. J. Claye, 1876.

deux premières pièces jouées par sa troupe,
à Paris, et avec la date du jour où elle les
joua, aussitôt qu'elle eut quitté Rouen, tout
ce que l'on rencontre chez tous les écrivains
qui ont fait une étude spéciale de la vie de
Molière.

C'est bien peu de chose, pour un séjour
de plus de cinq mois, à Rouen, que la
simple mention du fait, sans l'appuyer,
d'ailleurs, d'aucune preuve positive. Il semble possible de combler, en partie, tant de
regrettables lacunes.

Et d'abord, à quelle époque précise Molière et sa troupe arrivèrent-ils à Rouen?
En l'absence de tout document, on ne saurait l'affirmer. Cependant, Pâques tombant,
cette année-là, le 21 avril, nos comédiens
« partis après Pâques [1] » de Grenoble, ne

---

1. M. Bazin, citant ce passage, a mis : « après
Pâques (1er avril) ». *Notes historiques sur la vie
de Molière*, p. 50. Que ce « 1er avril » soit de lui
ou de La Grange et Vinot, il contient une erreur.
En 1658, Pâques tombait le 21 avril, et c'est en
1657 qu'il était le 1er avril. Voilà pourquoi peut-être
M. Taschereau a cru que la troupe s'installa à
Rouen « vers les fêtes de Pâques ». *Histoire de la
vie et des ouvrages de Molière*, 1844, 3e édition,
p. 22. — Partie de Grenoble *après* Pâques, elle

purent arriver à Rouen que vers la fin de
la première quinzaine de mai, à cause de
la longueur du voyage.

Mais, si l'on ne peut rien préciser sur
ce point, on sait du moins qu'une partie
de la troupe, sinon la troupe entière, se
trouvait installée à Rouen, à la date du
19 mai 1658.

La preuve irrécusable en est fournie par
un document dont il n'a point encore été
tenu compte, parce qu'il était impossible
d'en saisir, d'en soupçonner même l'importance, sous la forme où il s'offrait aux yeux
du public. C'est le passage d'une lettre de
Thomas Corneille à l'abbé de Pure, lettre
inédite jusqu'en 1846, époque à laquelle
M. Firmin Didot la publia[1].

Cet abbé, ami des deux Corneille, dont
l'exigence de la rime a fait une victime de
Boileau, entretenait alors une correspondance suivie avec eux. En 1658, dans une

---

ne pouvait se trouver à Rouen « vers les fêtes de
l'âques ».

1. Œuvres complètes de Pierre Corneille, suivies des Œuvres choisies de Th. Corneille, 2 vol.
gr. in-8° à deux colonnes, t. II, p. 749-750.

de ses lettres, il avait donné des détails sur les comédiens de l'hôtel de Bourgogne, et Thomas Corneille, répondant à ce passage de sa lettre, lui écrivait, d'après l'éditeur : « Le mariage de mademoiselle LE RAYON, si précipité, est une aventure surprenante..... Elle s'est lassée du veuvage [1]. »

C'est bien en vain qu'on chercherait, parmi les actrices de l'hôtel de Bourgogne, le nom de « mademoiselle LE RAYON [2] ». Mais on y trouve celui de BOYRON ou BOIRON (André et non Michel), dit BARON le père, qui, par sa mort, en 1655, avait laissé une veuve, Jeanne Ausou ou Ausoult, que l'on appelait encore, après lui, « mademoiselle LE BARON ».

Tallemant des Réaux nous apprend la cause étrange de la maladie de Baron, contractée en jouant l'un des rôles où « il fai-

---

1. *Œuvres complètes de Pierre Corneille, suivies des Œuvres choisies de Th. Corneille*, t. II, p. 750. — Ce second mariage n'a pas été connu de M. Jal. Voir son *Dictionnaire critique de biographie et d'histoire*, art. BARON.

2. Voir LES CONTEMPORAINS DE MOLIÈRE, *Histoire du théâtre de l'hôtel de Bourgogne*, par M. Victor Fournel, t. I, p. xxxii.

soit admirablement bien..... Il se piqua au pied en marchant trop brutalement sur son épée, comme il faisoit le personnage de don Diègue, au *Cid*, et la gangrène s'y mit [1]. »

Un autre contemporain, Loret, dans sa chronique en vers, donne la date exacte de la mort de cet acteur, qu'il faut placer entre le 2 et le 9 octobre 1655. En même temps, il annonce la possibilité d'un futur mariage pour sa veuve. On lit, en effet, dans sa

LETTRE QUARANTE

Du [samedi] neufième octobre.

DORÉE.

Biron, fameux comédien,
Qui récitoit des vers si bien,
Et qui dans l'hôtel de Bourgogne
Par son organe et bonne trogne,
Représentoit parfaitemant
Le héros, le prince et l'amant,
Est décédé cette semaine,
D'une impitoyable gangraine,
Qui de sa jambe avec rigueur,
Parvint, enfin jusques au cœur,
Sans que l'art de la chirurgie
Ait eu la force ou l'énergie

---

1. *Historiettes*, édit. Garnier, 1810, t. X, p. 47.

D'en pouvoir aréter le cours,
Non plus que celui de ses jours.
　Sa Moitié, qu'il laisse en ce monde,
Femme de chevelure blonde,
Lorsque son deuil sera tary
Poura prendre un autre Mary :
Car étant encor fraîche et belle,
Quelque gaillard voudra bien d'elle.

Et comme le talent du trépassé avait, pour ses quinze ou trente sous, diverti notre chroniqueur, il l'honore d'une épitaphe qui n'a pas moins de vingt-deux vers[1].

La réponse de Thomas Corneille à l'abbé de Pure montre que, trois ans plus tard, la prédiction de Loret s'était réalisée. Le 19 mai 1658, « mademoiselle LE BARON » avait « choisi un mari d'assez bonne humeur pour lui souffrir encore la comédie », puisque à sa mort, le 7 septembre 1662, elle était au théâtre, et que Loret en fera de nouveau le pompeux éloge.

« Mademoiselle LE BARON », tel était bien le nom que Thomas Corneille avait écrit, et qu'une mauvaise lecture de l'original

---

1. *La Muze historique*, édit. L. Livet, Paris, P. Daffis, éditeur, t. II, p. 108.

venait de transformer en « mademoiselle
Le Ravon ». Rien de surprenant avec l'écriture du dix-septième siècle, où la confusion
est souvent facile entre B et R majuscules,
entre r et v minuscules.

Cette première rectification devait tout
naturellement en amener une seconde, pour
un autre passage du même paragraphe.
« Nous attendons ici (à Rouen) les deux
beautés que vous croyez devoir disputer cet
hiver d'éclat avec la sienne. Au moins ai-je
remarqué en mademoiselle Rejac grande
envie de jouer à Paris; et je ne doute point
qu'au sortir d'ici cette troupe n'y aille
passer le reste de l'année. »

Il est clair que, là encore, par suite d'une
mauvaise lecture, l'éditeur a mis et a dû
mettre : « Mademoiselle Rejac » pour « Mademoiselle Bejar », les deux noms commençant par la même majuscule B pris pour
un R, et la confusion de r minuscule avec c
étant aussi assez facile dans l'écriture de
cette époque.

Que si l'on s'étonnait de voir Thomas
Corneille écrire Bejar, et non Bejart ou
Bejard, formes plus ordinaires de ce nom,
il faudrait se rappeler qu'au début du *Re-*

gistre où La Grange donne la composition de la troupe, lors de son arrivée à Paris, en 1658, on lit aussi : « BEJAR [1] », orthographe où la prononciation a servi de guide.

L'idée nous vint donc, aussitôt, que le passage de la lettre de Thomas Corneille concernait Madeleine Béjart, et, par conséquent, Molière et sa troupe ; car, à cette date, Madeleine Béjart, c'est Molière.

En dehors de cette première preuve tirée d'une rectification matérielle, il y a d'autres preuves qu'on pourrait appeler historiques et morales, puisqu'il n'est pas une ligne, pas un mot du passage de cette lettre qui ne convienne à la situation présente de Molière et de sa troupe.

Thomas Corneille dit d'abord, dans sa lettre datée : *A Rouen, ce 19 de mai 1658 :* « Nous attendons ici. » Or, tous les historiens de Molière s'accordent sur ce point qu'il vint, avec sa troupe, à Rouen « *après* ou *vers* les fêtes de Pâques de 1658 ». Le 19 mai, qui d'ailleurs ne s'applique point au jour même de leur arrivée, ne s'éloigne pas sensiblement de l'époque indiquée,

---

1. Voir plus bas, p. 24.

surtout quand on se rappelle que Pâques
tombait le 21 avril, et que nos comédiens
venaient de Grenoble.

Ensuite, cette troupe devait se faire remarquer par la beauté de ses actrices, puisqu'on les croyait « devoir disputer d'éclat
avec la beauté » de mademoiselle Le Baron,
dont la renommée était grande de ce côté.
En effet, « on rapporte que lorsqu'elle se
présentoit pour avoir l'honneur de paroître
à la toilette de la Reine-Mère, Sa Majesté
disoit à toutes ses dames : — Mesdames,
voilà La Baron; et elles prenoient la fuite[1]. »
C'était, sans doute, par crainte d'avoir à subir un parallèle trop désavantageux.

Sa beauté persista jusqu'à la fin de ses
jours. « Elle est encore jolie, disait Tallemant
des Réaux; ce n'est pas une merveilleuse
actrice, mais elle est fort bien, et elle réussit
admirablement pour la beauté. Cependant
elle a eu seize enfants[2]. » A sa mort, arrivée

---

1. *Histoire du Théâtre françois*, par les frères
Parfaict, t. IX, p. 155.
   2. *Historiettes*, ibid. — Il écrivait ce passage
relatif aux comédiens en 1657. — M. Jal, dans son
Dictionnaire critique, discutant les assertions de
Tallemant, a bien montré qu'il fallait lire « six »,
et non « seize » enfants. Article BARON.

le 7 septembre 1662, Loret, faisant l'éloge et de son talent et de sa beauté, dira, avec plus de détails que les frères Parfaict et l'auteur des *Historiettes* :

Cette actrice de grand renom
Dont *la Baronne* étoit le nom,
Cette merveille du théâtre
Dont Paris étoit idolâtre,
Qui par ses récits enchanteurs
Ravissoit tous ses auditeurs
De sa belle et tendre manière,
Est depuis deux jours dans la bière ;
Et la mort n'a point respecté
Cette singulière beauté,
Faisant périr en sa personne
Une grâce toute mignonne,
Un air charmant, un teint de lis,
Mille et mille agrémens jolis
Qui des yeux étoient les délices,
Bref une des rares actrices,
Qui, pour notre félicité,
Sur la scène ait jamais monté. Etc.[1]

« Pour disputer cet hiver (1658) d'éclat avec la beauté » de mademoiselle LE BARON, la troupe de Molière comptait au moins deux belles actrices. L'une était mademoi-

---

1. *la Muze historique.* Lettre du 9 septemb: 1662.

selle Du Parc [1], c'est-à-dire Thérèse de
Gorla, femme de René Berthelot, dit Du
Parc ou Gros-René. On la trouvait très-jolie
et très-gracieuse; elle tournait toutes les
têtes. L'autre s'appelait Catherine Le Clerc
du Rozet, femme de l'acteur Edme Ville-
quin, dit De Brie, du nom de la contrée où
il était né [2]. Elle était aussi très-jolie,
grande, bien faite, et conserva longtemps
un air de jeunesse. Nous voyons en elles
les deux belles actrices retardataires, attendues encore « à Rouen le 19 mai 1658 », et
qui devaient compléter le gros de la troupe,
arrivé depuis quelque temps.

Que Thomas Corneille ait remarqué dans
« mademoiselle Béjar grande envie de jouer
à Paris », c'est une autre preuve qu'il s'agit
bien de Molière et de sa troupe. Son premier biographe le dit. « Les amis de Molière lui conseillèrent non pas de venir à
Paris, mais de s'en rapprocher, de se poster

---

1. On sait qu'on donnait autrefois le nom de
Mademoiselle aux actrices, nom qui était propre
seulement aux femmes mariées filles de parents
nobles.

2. *Dictionnaire critique de biographie et d'histoire*, par M. A. Jal, *passim*.

au moins dans une ville voisine, afin de
profiter du crédit que son mérite lui avoit
acquis auprès de plusieurs personnes de
considération, qui, s'intéressant à sa gloire,
lui avoient promis de l'introduire à la
Cour [1]. » Leur séjour à Rouen, si voisin de
Paris, remplissait bien le programme, et
expliquait aussi « l'envie de jouer à Paris »,
remarquée chez mademoiselle Béjart, l'âme
de la troupe, que les *Mémoires* de Daniel
de Cosnac appellent « Troupe de Molière et
de la Béjart ».

Il est donc de toute évidence que c'est
bien de la troupe de Molière, cachée der-
rière le nom défiguré de sa directrice réelle,
qu'il est question dans ce passage de la
lettre de Thomas Corneille. Le vrai texte
de l'original, ainsi rétabli, atteste par une
preuve contemporaine, leur présence à
Rouen en 1658 [2].

---

1. *Préface* de l'édition de Molière, 1682.
2. M. Taschereau, à la suite du passage de sa
lettre, dont parle l'*Avertissement*, p. 6, disait :
« Il y a bien écrit, dans l'original, *Bejar* et non
Rejac; il y a bien écrit *Baron* et non *Ravon*. » —
La conséquence, rappelée ici, appartient à M. E.
Soulié. — Voir aussi l'*Avertissement*, p. 6.

Quel fut, dans notre ville, le chiffre du personnel de cette troupe ? On ne le rencontre nulle part. Mais en la supposant composée à Rouen, comme elle le fut à Paris, immédiatement après le départ de Rouen, on ne doit pas être bien éloigné de la vérité.

Or, en octobre 1658, « la troupe estoit composée de dix parts et vn gagiste, sçauoir :

« Les sieurs

MOLIÈRE,
BÉJART l'aisné,   Mesdˡᵉˢ BÉJAR,
BÉJART cadet,   DU PARC,
DU PARC,   DE BRIE,
DU FRESNE,   HERUÉ [1].
DE BRIE,
CROISAC, gagiste à 2 livres par jour.

En tout, onze comédiens, dont six acteurs, quatre actrices en titre, qui se partageaient les dix parts, et le gagiste avec son salaire particulier. Selon toute vrai-

---

1. *Registre de La Grange*, p. 4. — La disposition du texte a été conservée.

semblance, la troupe était constituée de
même à Rouen, pendant la durée de son
séjour.

Peut-être faut-il y joindre Armande-
Claire-Élisabeth Béjart, âgée seulement de
quinze ans, la future épouse de Molière.
Elle aurait suivi la troupe, sous le nom de
mademoiselle Menou, bien qu'elle n'en fît
pas encore partie [1].

Le chiffre normal de la troupe paraît
être resté toujours le même jusqu'à cette
époque, à quelques unités près. Le contrat
d'association de l'Illustre Théâtre, par-devant les notaires de Paris, à la date du
30 juin 1643, est passé entre dix personnes.
Le 3 novembre suivant, quand la troupe,
venue pour jouer à Rouen (circonstance
bien ignorée jusqu'en 1870), y donnait une
procuration signée de tous ses membres,

---

1. Voir, dans les *Points obscurs de la vie de
Molière*, les raisons données par M. J. Loiseleur à
l'appui de cette thèse nouvelle. Armande Béjart y
est présentée comme étant à Lyon, avec la troupe,
en 1653 (p. 156) et en 1657 (p. 212). — Quoi-
que « elle ne figure point dans la liste des acteurs
que Molière ramena à Paris en octobre 1658 »,
l'auteur a conclu : « Cependant elle était alors
près de Molière. » (P. 357.)

pour contraindre « Noël Gallois M⁰ du jeu
de Paulme du Mestayer et Claude Michault M⁰ charpentier et Jean Duplessis,
menuisier... à mettre les maisons et jeux
de Paulme en estat de jouer *à leur retour*
(à Paris) », le chiffre de son personnel
n'avait pas varié[1].

Mais lorsque la même troupe, dont Rouen
avait vu les débuts en province, y revint,
en 1658, après quinze ans d'absence, de ces
dix acteurs et actrices nommés dans l'acte
passé à Rouen, cinq seulement s'y retrou-
vaient encore : Béjart l'aîné (Joseph), Béjart
cadet (Louis), mademoiselle Béjart (Madeleine), et mademoiselle Hervé (Geneviève Iʳᵉ,
Béjart), qui avait pris le nom de sa mère
pour qu'on ne la confondît pas avec sa
sœur Madeleine, qu'on nommait « la Béjart[2] ». Les trois autres acteurs, Du Parc,
Du Fresne, De Brie, et les deux actrices, La
Du Parc et La De Brie, étaient de nouveaux
sujets utiles ou distingués, dont la bande

---

1. Voir l'Acte en entier, aux Pièces justificatives, I.
2. M. A. Jal, *Dictionnaire critique*, etc. Art.
BÉJART. p. 178.

s'était recrutée, pendant ses longues courses en province.

Lors de la seconde visite à Rouen, Molière avait trente-six ans trois mois; Madeleine Béjart, quarante ans et cinq mois; Joseph Béjart pouvait avoir environ trente-trois ou trente-quatre ans; Louis Béjart avait près de vingt-cinq ans, et Geneviève Béjart, vingt-cinq ans neuf mois. La majeure partie de ces comédiens était donc bien jeune, quand ils entrèrent, en 1643, dans la troupe de l'Illustre Théâtre.

D'après un portrait inédit, peint vers 1658, peu de temps avant l'époque même du séjour de Molière à Rouen, portrait que M. Paul Lacroix n'hésite pas à attribuer au pinceau de Mignard, voici sous quel costume et sous quels traits nos compatriotes ont pu voir ce grand comédien : « Il devait avoir une mise soignée, même recherchée, pour paraître jeune le plus longtemps possible, d'autant plus qu'il était en commerce de galanterie avec ses actrices, sans préjudice de sa liaison avec Madeleine Béjart.....

« L'expression de la physionomie de Molière, dans son portrait à perruque blonde ou cendrée, n'est ni soucieuse, ni mélanco-

lique, ni maladive, comme dans tous les
autres portraits qu'on a faits de lui depuis
1665 jusqu'à sa mort, durant la période la
plus agitée, la plus fatigante et la plus glo-
rieuse de sa vie. En 1657 et 1658, il se sen-
tait jeune, ardent, passionné; il n'était pas
dévoré de soucis, accablé de chagrins et de
fatigues, au milieu de toutes les satisfactions
du succès littéraire et de la fortune; ce
n'était qu'un poëte, un comédien, un
amant [1]. »

Au milieu du dix-septième siècle, il y
avait, à Rouen, deux Jeux de Paume, où
se donnaient les représentations théâtrales,
celui des Deux-Maures et celui des Braques.

L'exploit d'un sergent, signifié, le 10 août
1652, à un comédien qui occupait le Jeu
de Paume des Deux-Maures, et n'avait
point acquitté le droit des pauvres, fait
connaître la partie de notre ville où il était

---

1. *Note* de M. Paul Lacroix sur ce portrait, en
tête des *Points obscurs de la vie de Molière*, par
M. Jules Loiseleur (p. x et xi). Admirablement des-
siné et gravé à l'eau-forte par M. Ad. Lalauze,
d'après le tableau original appartenant à M. Cour-
tois, il fait l'ornement du consciencieux travail qui
vient de paraître.

Le Menteur. de P. Corneille.
JOUÉ A ROUEN
par la troupe de Molière,
au Jeu de Paume des Braques.

1. M. DE BRIE... *Lucrèce.*   3. MOLIÈRE ..... *Dorante.*
2. M. DU PARC. *Clarice.*   4. GROS RENÉ. *Cliton.*

situé. « J'ay sommé, dit-il, noble homme
Laurens Conseil, sieur d'Argil (Argueil ?),
commedien estant de présent à Rouen et
parlant à sa personne viron (*sic*) midy estant
au jeu de paulme des Deux Mores *au bas
de la rue Herbière*, de paier, etc. [1] » Avec
plus de précision, M. Gosselin dit : « Il était
situé rue des Charrettes, au bas et à l'en-
coignure de la rue Herbière [2]. » C'est-à-dire
qu'il occupait l'un des angles formés par la
rencontre des rues Herbière et des Charrettes, en face des bâtiments de la Douane
actuelle.

Le Jeu de Paume des Braques était au
bas de la rue du Vieux-Palais, qui débou-
chait en face et à peu de distance de la for-
teresse, aujourd'hui détruite, d'où la rue
tirait son nom. « Il représentait un carré
long, dont les quatre murs étaient construits
en pierre de taille et en moellons. Il avait
94 pieds de longueur et 31 pieds de largeur, de dedans en dedans. L'intérieur était

---

1. Archives de l'Hospice général de Rouen. —
Voir : Pièces justificatives, VII.

2. *Simples notes sur le Théâtre de Rouen, du
quinzième au dix-huitième siècle.* REVUE DE LA
NORMANDIE, 1863, p. 34.

divisé en théâtre, en amphithéâtres et en loges construites en bois peint à l'huile, avec cloisons en bois de sapin recouvertes de toiles gommées[1]. »

Bien que le Jeu de Paume des Deux-Maures ait été préféré par les comédiens, de 1650 à 1658, puisque ce nom seul figure sur les registres de l'Hôtel-Dieu de Rouen, où sont portées les sommes versées par eux pour acquitter les droits des pauvres[2], « ce serait, suivant M. Gosselin, sur le théâtre des Braques que Molière aurait joué, lorsque, en 1658, revenant de Grenoble et retournant à Paris, il s'arrêta à Rouen[3]. »

---

1. REVUE DE LA NORMANDIE, 1863, p. 45. — Procès-verbal du conseiller-commissaire, dressé le 18 mars 1696, à la suite d'un incendie qui dévora le Jeu de Paume des Braques.

2. *Registre des délibérations de l'Hôtel-Dieu*, vol. n° XVI. — Archives de l'Hospice général de Rouen.

3. *Simples Notes sur le Théâtre de Rouen*, etc. REVUE DE LA NORMANDIE, 1863, p. 34, et *sur l'Origine des réverbères à Rouen, ibid.*, 1864, p. 31. — Plus tard (1870), M. Gosselin adopta le Jeu de Paume des Deux-Maures. Il suivait notre première opinion (*Revue de la Normandie*, 1865, note de la page 505), que nous abandonnons, après mûr examen, pour retourner à celle que M. Gosselin avait eue tout d'abord.

Un fait incontestable, c'est que des comédiens occupèrent ce Jeu de Paume, cette
année-là. On lit, en effet, dans un registre
de la chambre criminelle du bailliage de
Rouen, à la date du 14 juin 1658 : « Les
comédiens jouant *aux Braques* furent atta-
qués, le 6 juin, par une bande de valets
qui vouloient entrer malgré les ordonnan-
ces de la police, et ces comédiens ayant
voulu repousser la bande, l'un d'eux,
nommé La Rivière, fut blessé d'un coup
d'épée[1]. »

Les valets de Rouen donnèrent un exemple
qui sera suivi, cinq ans plus tard, à Paris,
par les mousquetaires, les gardes du corps,
les gendarmes et les chevau-légers. Furieux
de se voir privés du privilége d'entrer à la
comédie sans payer, ils feront aussi irrup-
tion dans le théâtre de Molière, et tueront
le portier, non sans menacer de faire subir
le même traitement à tous les comédiens.
Grâce à la présence d'esprit de l'un d'eux,
Béjart le jeune, et à la prudence de Molière, ils surent se tirer de ce mauvais pas[2].

---

1. Archives du Palais-de-Justice de Rouen.
2. *Histoire de la vie et des ouvrages de Molière*,
par M. J. Taschereau, 3e édit., pages 69-71.

Un texte positif permettrait seul d'affirmer, avec certitude, que les comédiens jouant au Jeu de Paume des Braques étaient ceux de Molière. Ce texte fait défaut, et le doute peut naître, parce que, cette année-là, Rouen fut visité par une seconde troupe de province, celle de Philibert Gassot, sieur Du Croisy, gentilhomme de la Beauce, qui en était le chef. L'autorité de l'écrivain, chez lequel on rencontre la mention du fait, est bien légère[1], et, si nous l'admettons, c'est qu'il doit avoir puisé le fait ailleurs, et que, dans tous les cas, il est permis de tout concilier.

La troupe de Du Croisy, moins importante que l'autre, aurait occupé le Jeu de Paume des Deux-Maures, dont les dimensions, plus restreintes que celles des Braques, convenaient mieux aux petites troupes de campagne qui l'avaient occupé de préférence les années précédentes[2].

---

1. M. Soleirol. — Voir, aux Pièces justificatives, II, l'extrait d'une lettre de M. Taschereau montrant le peu de créance qu'il faut accorder à l'auteur de *Molière et sa troupe.*

2. *Registres des délibérations de l'Hôtel-Dieu de Rouen*, XIV-XVI, de 1650 à 1659, *passim.*

D'un autre côté, dès le 6 juin, jour de l'émeute des valets, la fusion dont parle M. Soleirol pouvait s'être déjà faite. « En 1658, se trouvant à Rouen, il (Du Croisy) réunit momentanément sa troupe à celle de Molière qui lui avait détourné son public : Molière avait un personnel suffisant et avait la vogue; en se chargeant, sur la prière de Du Croisy, de la troupe de ce dernier, il donna une grande preuve de la bonté de son cœur[1]. » Trois semaines suffisaient amplement à Molière pour établir sa supériorité sur la troupe rivale, et l'obliger à se fondre avec la sienne. De cette façon, La Rivière, qui ne figure point, en octobre, sur le registre de La Grange, serait entré, à Rouen, dans la troupe de Molière, s'il n'y était déjà, en qualité de gagiste, ou à tout autre titre.

Toutefois, l'occupation du Jeu de Paume des Braques par la troupe de Molière, en l'absence d'un texte positif, n'offre toujours que de grandes probabilités, et rien de plus[2].

Pour les pièces que la troupe de Molière

---

1. *Molière et sa troupe*, p. 87. (1858.)
2. Voir aux Pièces justificatives, III, quelques détails sur la famille des Braques.

joua dans notre ville, les renseignements positifs faisant également défaut, on se voit obligé de s'en tenir encore aux probabilités, et nous allons en dire quelques mots.

La supériorité incontestable de sa troupe sur toutes les troupes rivales tenait à l'excellence des pièces qu'il donnait. Les autres troupes avaient des acteurs et des actrices aussi distingués que son personnel, et pouvaient puiser dans tout le répertoire des pièces imprimées, que les habitudes du temps laissaient à la libre disposition des comédiens. Mais Molière, composant pour sa troupe des pièces jouées par elle, sans les livrer à l'impression, assurait ainsi le succès de ses représentations et de ses recettes.

Pendant les douze années qu'il parcourut la province, ce fut avec ses pièces surtout qu'il alimenta son théâtre, et il représenta certainement, à Rouen, bien des pièces qu'il retoucha depuis, afin de les produire à Paris. D'ordinaire, on ne cite que l'*Étourdi* et le *Dépit amoureux* comme les deux principales de ses pièces, qu'il fit représenter par sa troupe en province. Pour soutenir ses succès à Rouen, durant un séjour de plus de cinq mois, il lui aura fallu un répertoire plus considérable et plus varié, sans quoi la salle serait restée vide au bout de cinq ou six représentations de la même pièce. Aussi dut-il, selon toute vraisemblance, recourir à quatre de ses autres pièces qui ne furent jouées qu'en province : *les Trois Docteurs rivaux*, *le Maître d'école*, *le Médecin volant*, *la Jalousie du Barbouillé*. De plus, nous n'hésitons pas à croire que celles qu'il donna, les six années qui suivirent son installation à Paris, figuraient aussi dans le répertoire joué à Rouen, telles que *le Docteur amoureux*, *Gros-René écolier*, *le Docteur pédant*, *Gorgibus dans le sac*, *le Fagoteux*, *la Jalousie de Gros-René*, *le Grand Benêt de fils aussi sot que son père*, *Gros-René petit enfant*, *la Casaque*, enfin *Joguenet ou les Vieillards dupés*. Seulement, en province, ces pièces étaient à l'état de farces, de canevas informes, et se jouaient « à l'improvisade », tandis que, plus tard, en les travaillant avec soin, Molière en fit de bonnes comédies, dont il changeait également le titre. C'est ce qui arriva, par exemple, pour la farce de *Joguenet ou les Vieil-*

lards dupés[1], premier canevas de l'excellente
comédie : *les Fourberies de Scapin* (1671).

Cela ne veut pas dire qu'il ne représenta
pas à Rouen d'autres pièces que les siennes.
Il est impossible qu'il n'ait pas puisé dans
le théâtre de Pierre et de Thomas Corneille,
comme il en avait le droit, pour les pièces
imprimées, et comme l'amitié lui en faisait
un devoir. Avant l'arrivée de la troupe de
Molière à Rouen, Pierre avait fait imprimer,
de 1635 à 1651 : *Mélite, Médée, l'Illusion
comique, le Cid, Horace*[2], *Cinna, Polyeucte,
la Mort de Pompée, le Menteur, la Suite du
Menteur, Rodogune, Héraclius, Don Sanche
d'Aragon* et *Nicomède.* De Thomas on possédait les comédies suivantes : *les Engage-
ments du Hasard, le Feint Astrologue,
D. Bertrand de Cigarral, l'Amour à la mode,
le Berger extravagant, le Charme de la voix,
les Illustres ennemis, Jodelet prince ou le*

---

1. M. A. Claudin a découvert et rapporté de
Toulouse le seul manuscrit connu de cette Farce.
Voir les curieux détails à ce sujet contenus dans
la *Bibliographie moliéresque*, par Paul Lacroix,
pages 63-64 et 360-362.
2. Le *Registre de La Grange* porte toujours
Horaces, qui n'est point le vrai titre donné par
Corneille à cette pièce.

Geólier de soi-même, et deux tragédies, *Timocrate* et *Bérénice*. Toutes ces pièces de Thomas Corneille avaient été jouées et imprimées de 1647 à 1657 [1].

On peut croire aussi que Molière dut jouer, à Rouen, une pièce de P. Corneille, la tragédie lyrique d'*Andromède*, composée en 1650, imprimée en 1651, et que sa troupe avait précédemment représentée, à Lyon, en 1655. Il se trouvait dans la patrie de l'auteur, son ami, et la représentation devenait facile, avec les décors et les machines nécessaires, empruntés à Paris. D'ailleurs, sa troupe comptait encore six des acteurs et trois des actrices qui avaient joué la même pièce à Lyon, cinq ans auparavant. Voici le rôle de chacun d'eux, à Lyon, pour les dieux et pour les autres personnages : Béjart (Joseph) avait représenté *le Soleil* et *Timante;* De Brie (Edme-Wilquin), *Neptune;* Du Fresne (Charles), *Céphée;* L'Éguisé (Louis Béjart), *Mercure* et *un page;* Du Parc (Gros-René),

---

1. La liste des pièces des deux Corneille, que Molière joua à Paris, aussitôt après son départ de Rouen, montre combien cette probabilité est voisine de la certitude. Voir plus loin, page 74.

Jupiter; MOLIÈRE, Persée. — Mademoiselle
BÉJART (Madeleine) avait représenté *Andro-
mède* et *Junon;* Mademoiselle HERVÉ (Ge-
neviève Béjart), *Céphalie, Melpomène,
Phorbas;* Mademoiselle DE BRIE (Catherine
Le Clerc), *Aglante, Cymodoce* et *Vénus;*
Mademoiselle MENOU (Armande Béjart?),
Éphyre[1].

Des acteurs de Lyon, il ne lui manquait
que de Vauselles, Chasteauneuf et L'Estang; des actrices, il avait perdu Mesdemoi-
selles de Vauselles, Magdelon, tous chargés
de rôles fort secondaires. Mais il possédait, à
Rouen, pour les remplacer, la célèbre Mademoiselle Du Parc et les recrues qu'il pouvait avoir faites dans la troupe rivale, fondue
avec la sienne à Rouen même, comme cela
avait eu déjà lieu à Lyon, en 1653. « Le
succès de *l'Étourdi* fut tel, que la troupe
dirigée par Mitalla (et peut-être une autre
encore dont le chef n'est pas connu) vit sa
salle abandonnée du public, et fut contrainte

---

1. « Elle était chargée d'un petit rôle de Néréide
celui d'Ephyre, et n'avait que quatre vers à réciter
(acte III, scène IV). » M. Loiseleur, *les Points obscurs de la vie de Molière*, p. 156. Armande Béjart
était alors âgée de dix ans.

de plier bagage [1]. » Il faudrait donc y joindre la représentation de la tragédie lyrique
d'*Andromède* [2], la même année, et dont
l'attrait ne dut pas être moins puissant sur
le public lyonnais que celui de l'*Étourdi*.

La troupe de Molière put puiser dans ce
vaste répertoire. Les comédies furent en
petit nombre, parce que son chef en com-
posait lui-même, et que sa troupe excellait
à les jouer. Les emprunts portèrent, en plus
grand nombre, sur les tragédies, où le succès de ces comédiens était moins remarquable que dans l'autre genre.

Quand Molière vint à Rouen, il y fut
soumis, comme tous les autres comédiens,
à l'impôt établi, depuis les premières années
du seizième siècle, sur les plaisirs du public,
impôt connu sous le nom de *droit des pau-*

---

1. *Les Points obscurs de la vie de Molière*, par
M. J. Loiseleur, p. 154.

2. Voir, aux Pièces justificatives, IV, un Extrait
emprunté au *Catalogue de la bibliothèque dramatique de M. de Soleinne*, rédigé par P. L. Jacob,
bibliophile, t. I, p. 251-253.—On sait que l'auteur
de la musique d'*Andromède* était le poëte burlesque d'Assoucy. Il a dit en propres termes :
« C'est moi qui ai donné l'âme aux vers de l'*Andromède* de M. de Corneille. »

vres, et réglé, dans cette ville, de la manière suivante : « La Cour auoit acoustumé, permettant aux comédiens leurs jeux publics et pièces comiques, d'ordonner que, pendant chacun mois qu'il (*sic*) seroient en la prouince de Normandie, ils seroient tenus de prendre un jour qu'ils destineroient au profit de l'Hostel Dieu et que l'argent qui en prouiendroit seroit au bénéfice du d¹ lieu, ce qu'ils n'ont pas ce neantmoins exécuté. » A la suite de la requête, signée « *Marc* », vient cette mention : « Ordonné que les commediens prendront le jour qui leur sera désigné par le d. receueur de l'Hostel Dieu ¹. Faict à Rouen... le sixiesme juillet mil six cent cinquante un. »

En 1652, les comédiens ne se pressèrent guère de donner la représentation au bénéfice des pauvres, et il fallut recourir au Parlement pour la désignation du jour, leur faire signifier son ordonnance, et lancer un nouvel exploit, afin de les contraindre à verser la recette entre les mains

---

1. Il était alors situé entre la rue du Change, la place de la Calende, la rue du Bac et la rue de la Madeleine, qui en rappelle le nom : « L'Hostel Dieu de la Magdelaine de Rouen. »

des administrateurs ou du receveur de l'Hôtel-Dieu [1].

Une représentation « chacun mois », au profit des pauvres, eût été trop onéreuse pour des comédiens qui ne jouaient, en général, que deux ou trois fois la semaine. On tempérait, dans la pratique, la rigueur des règlements établis. En effet, les Registres des délibérations de l'Hôtel-Dieu, où sont portés les versements des sommes produites par ces représentations, offrent le nom des mêmes comédiens mentionné plus souvent une seule fois que deux.

La preuve que la troupe de Molière satisfit à cette obligation a été découverte, dans les Registres de l'Hôtel-Dieu, par M. de Beaurepaire, archiviste de la Seine-Inférieure, qui la publia, vers 1859 [2], comme l'ont fait plusieurs autres après lui, mais sans mettre en pleine lumière le précieux renseignement que le texte renfermait sur notre grand comique.

---

1. Archives de l'Hospice général. — Voir les textes aux Pièces justificatives, VII.
2. Dans le journal le Nouvelliste de Rouen.

Le Registre nᵒ XVI contient cette première mention :

« Du vendredy 20ᵉ jour de juin 1658.

« Receu par les mains de M. le Marchand, administrateur, la somme de soixante dix sept liures quatre sols six deniers, que le dit Sʳ a dit estre prouenu du don fait par les Comediens à la représentation d'une Comedie pour les pauures dud. Hostel Dieu.» (Fol. 122. verso ¹.)

Ainsi formulé, ce texte ne permettait pas de pressentir quels pouvaient être ces comédiens.

Mais, par bonheur, le même article est répété, au folio 124, avec une addition importante.

« Plus receu led. comptable par les mains dud. Sʳ le Marchand la somme de soixante et dix sept liures quatre sols et six deniers, que le dit Sʳ a dit estre prouenu d'une comedie representée par les « Comediens de son « Altesse », en faueur et benefice des pauvres dud. Hostel Dieu. »

─────────────

1. Texte publié par M. E. Soulié, *Archives des Missions scientifiques et littéraires*, 2ᵉ série, t. Iᵉʳ, 1865, in-8.

Jusqu'au moment où nous avons fait notre premier travail (mars 1865), personne ne s'était préoccupé de donner le nom de la troupe désignée sous le titre de « Comédiens de son Altesse¹ ». Et cependant la recherche avait son importance.

A quelle troupe donc pouvait s'appliquer, à Rouen, en 1658, le titre de « *Comédiens de son Altesse* », et quelle était « *l'Altesse* » protectrice de cette troupe ? Car il est nécessaire de répondre à cette double question pour donner à ce document toute sa valeur.

Comme il y eut deux troupes de campagne en même temps, à Rouen, cette année-là, celle de Du Croisy et celle de Molière, on peut hésiter entre l'une ou l'autre. Mais la troupe de Du Croisy, plus faible que sa rivale, délaissée par les Rouennais, se trouvait sans aucun droit à obtenir un pareil honneur. Au contraire, le 20 juin, la supériorité de la troupe de Molière était si bien établie qu'elle avait déjà reçu dans son sein les comédiens de l'autre troupe, et que seule

---

1. Dans ses *Points obscurs de la vie de Molière*, p. 217, M. J. Loiseleur cite le nom de M. de Beaurepaire. L'honorable archiviste avait laissé de côté la solution de ce petit problème.

elle était en état de mériter et d'obtenir le titre utile et recherché de « Comédiens de son Altesse ».

Mais de quelle Altesse s'agit-il, puisque deux princes, ayant droit à ce titre, avaient précédemment patronné la troupe de Molière ?

En effet, moins de quinze mois après la constitution de la troupe, dès 1644, un des associés, Germain Clérin, se disait déjà « Comédien de la Troupe de l'Illustre Théâtre, entretenue par *son Altesse Royale* », c'est-à-dire par Gaston d'Orléans, frère du feu roi Louis XIII, et oncle du jeune roi Louis XIV, qui le premier prit « l'*Altesse Royale* », en sa qualité de prince issu directement du sang royal. Cette même désignation se retrouve, sept ou huit fois, dans des obligations et dans des pièces judiciaires, en 1644 et 1645, relatives à la troupe de Molière, que M. Eudore Soulié a publiées [1]. Quand Molière, prisonnier au Châtelet, adressait, le 4 août 1645, une requête au lieutenant civil Daubray, il la commençait

---

1. RECHERCHES SUR MOLIÈRE ET SUR SA FAMILLE, *Documents*, pages 176-189.

en ces termes : « Supplie humblement
JEAN-BAPTISTE POQUELIN, dit MOLIÈRE, comédien de son Altesse Royale, disant qu'il a
été emprisonné et arrêté à la requête de
Dubourg, linger à Paris, etc.[1] » Avec la
protection de Gaston d'Orléans, l'emprison-
nement lui fit perdre le titre ici rappelé;
car, le 22 janvier 1646, on le voit donné à
une autre troupe qu'on croit être celle
d'Abraham Mitalla, « qui semble avoir été
pendant un certain temps à la tête des comédiens du duc d'Orléans[2] ».

Une seconde Altesse protégea Molière, en
1653. Ce fut le prince de Conti, muni
d'une commission pour le gouvernement de
Languedoc, « qui donna des appointements
à sa troupe et l'engagea à son service, tant
auprès de sa personne que pour les États
de Languedoc[3] ». Il n'en fallait pas tant
pour mériter le titre de « Comédiens de
M. le prince de Conty », comme on le
trouve en tête de l'acte de mariage de

---

1. RECHERCHES SUR MOLIÈRE ET SUR SA FAMILLE,
p. 189.— Archives nationales. Minutes du Châtelet.
2. Les Origines du Théâtre de Lyon, par M. Brouchoud. 1865, p. 60.
3. La Grange et Vinot.

Foulle Martin et d'Anne Reynis, attachés alors à la troupe de Molière[1]. La protection des comédiens était une tradition de famille pour la maison de Condé. Le père du prince de Conti avait protégé « les Comédiens de Monsieur le Prince ». Son frère, le Grand Condé, fera de même, et sa troupe portera le même nom, ou celui de « Comédiens de son Altesse sérénissime Monseigneur le Prince[2] ».

La troupe de Molière conserva ce titre, octroyé par le prince de Conti, jusqu'au jour où, tourné à la dévotion de libertin qu'il était, tout fier d'avoir écrit son *Traité de la Comédie et des Spectacles*, rempli de violentes attaques contre ses anciens amis et surtout Molière, il leur défendit de le porter désormais. Le 15 mai 1657, il écrivait, de Lyon, au Père de Ciron : « Il y a des comédiens ici qui portoient autrefois

---

1. M. Brouchoud a donné le fac-similé de cet acte vis-à-vis de la page 48 de ses *Origines du Théâtre de Lyon*. — L'acte est du 29 avril 1655. Déjà ils avaient ce titre vers la fin de 1653.
2. M. Henri Chardon, *la Troupe du Roman comique dévoilée et les Comédiens de campagne au dix-septième siècle*. 1876, pages 63-105. — Voir surtout pages 64 et 97.

mon nom : je leur ai fait dire de le quitter.[1] »

Molière, s'étant bien gardé d'enfreindre la défense, arrivait donc à Rouen, dépourvu du patronage que tous les comédiens recherchaient alors avec tant d'empressement.

Mais il ne tarda pas à rencontrer un nouvel appui chez l'un des membres de la noblesse, qui portait encore le titre « d'Altesse », sans aucune épithète[2].

Ce protecteur fut Henri II d'Orléans, duc de Longueville, gouverneur de Normandie, habituellement désigné sous ce titre aussi bien que sa femme, Anne Geneviève de Bourbon, la sœur du grand Condé. Le duc tenait beaucoup à ce titre honorifique dont on l'avait gratifié depuis longtemps. Pour lui complaire, dix ans auparavant, Mazarin ordonnait aux ministres et aux plénipotentiaires français chargés de représenter la

---

1. M. Louis Lacour, *le Tartuffe par ordre de Louis XIV*. Paris, A. Claudin, M.DCCC.LXXVII, pages 62-63.
2. Sur l'addition des épithètes *Royale* et *Sérénissime* au mot *Altesse*, et sur l'*Altesse* simple, voir les *Mémoires de Saint-Simon*, édit. Hachette, gr. in-18, t. V, pages 364-365.

France au traité de Westphalie, de le lui donner, comme on le voit dans ce passage de l'un de ses carnets. « Il sait, M. de Longueville, à quel point je me suis employé pour le contenter, soit avec les ministres du pape, soit en faisant [donner] ordre au Piémont aux ministres du Roi et aux ambassadeurs à Munster, *afin qu'ils le traitassent d'Altesse,* soit en lui faisant écrire avec ce titre par le roi de Pologne, et cent autres choses semblables [1]. » Telle est la remarque mise par Mazarin sous les yeux d'Anne d'Autriche, pour qu'elle rappelât le fait au duc de Longueville parmi les griefs que la cour avait alors contre lui.

En 1648, le titre d'*Altesse,* sans aucune épithète, désignant le duc de Longueville, était donc un titre accordé, porté et reconnu depuis longtemps, malgré les railleries du cardinal de Richelieu, qui se faisait un malin plaisir « de l'appeler toujours *le petit Longueville, la petite Altesse,* et choses semblables [2] ».

---

1. *Revue historique,* mai-juin 1877. — Les Carnets de Mazarin pendant la Fronde (septembre-octobre 1648), publiés par M. Chéruel. Page 120.
2. *Ibidem,* p. 121.

A Rouen, comme ailleurs, on désignait donc, en 1658, sous le titre de « son Altesse », Henri II d'Orléans, duc de Longueville, gouverneur de Normandie, et sa femme Anne Geneviève de Bourbon, qui tous deux se trouvaient alors à Rouen. C'est de ce duc que la troupe de Molière avait obtenu, après quelques représentations, où son talent s'était fait applaudir, le titre de « Comédiens de son Altesse », rappelé avec non moins d'exactitude que de raison sur le registre de l'Hôtel-Dieu de Rouen, lors du versement fait par la troupe de Molière, le 20 juin 1658, au profit des pauvres[1].

Ainsi interprété, ce document fournit une seconde preuve contemporaine du séjour de Molière et de sa troupe, à Rouen, en l'année où tous les écrivains y signalent leur présence.

Quels ont été les rapports qui ont dû nécessairement exister entre nos comédiens et les deux Corneille, pendant la durée du séjour?

---

[1] Voir, aux Pièces justificatives, V, la mention d'un second versement fait par les mêmes comédiens, le 21 août 1658, et de plusieurs versements faits par d'autres comédiens.

Ces rapports avec Pierre Corneille ne sont pas nés seulement en 1658. On peut les faire remonter à quinze ans en arrière, lorsqu'en 1643 la troupe de l'Illustre Théâtre vint jouer à Rouen, en comptant déjà Molière dans son sein. Il est impossible que, par déférence, sinon par intérêt, quelques membres de la troupe n'aient pas visité le grand poëte, dont les chefs-d'œuvre jetaient un si vif éclat sur la scène française. Acteurs et auteurs avaient trop besoin les uns des autres, pour ne pas se fréquenter, ou tout au moins entrer en relation.

De quelque façon que ces rapports se soient établis, ils sont bien constatés, en 1658, et, depuis 1643, ils se sont étendus aux deux Corneille. Ces mots, en effet, de la lettre de Thomas Corneille, du 19 mai : « Nous attendons », suffisent à le prouver. Ce fait est bien connu : « Quel que fût celui qui tînt la plume, il écrivait en général au nom de tous deux ! ». Touchante communauté de sentiments, aussi remarquable

---

1. M. Marty-Laveaux, *Œuvres de Pierre Corneille*, dans l'édition des GRANDS ÉCRIVAINS DE LA FRANCE, t. X, p. 478.

que la communauté de biens et de domicile, qui existait entre les deux frères.

Le 6 juin de cette année, Pierre Corneille prenait cinquante-deux ans. Marié, depuis dix-huit ans, à la fille du lieutenant particulier au présidial des Andelis (Eure), Marie Lamperière, il en avait eu cinq et peut-être six enfants [1]. Ses deux offices d' « avocat du Roi ancien au siége des eaux et forêts, et de premier avocat du Roi, en l'admirauté de France au siége général de la table de marbre du Palais à Rouen », dont il était pourvu, depuis le 31 décembre 1628, pour le premier, et depuis le 10 janvier 1629, pour le second, il les avait résignés, le 18 mars 1650, en faveur d'Alexandre Le Provost, avocat au Parlement de Rouen, qui fut reçu le 25 février 1651 [2]. Libre des

---

1. L'absence d'une date précise dans la généalogie est la cause du doute. — Son père s'appelait Mathieu Lampérière (sans le *de*), et sa fille Marie, née le 28 août 1617, avait onze ans et quelques mois de moins que Pierre Corneille. Voir M. Brossard de Ruville, *Histoire des Andelis*, 1864, t. II, pages 337 et 338.

2. M. Gosselin, *Particularités de la vie judiciaire de Pierre Corneille révélées par des documents nouveaux*. REVUE DE LA NORMANDIE, 1865, pages 418 et 421.

soucis du Palais, P. Corneille avait renoncé
au théâtre, après la chute de *Pertharite* en
1653, et s'était occupé plus activement de
la traduction de l'*Imitation de Jésus-Christ*,
dont les quatre livres parurent de 1651 à
1656[1]. Mais, en 1657, « la reconnaissance
pour une faveur signalée qu'il venait de
recevoir » du surintendant des Finances,
Foucquet, eut le pouvoir de le ramener au
Théâtre. Corneille lui en adressa la proposition formelle dans des vers publiés en
1657, et Foucquet « lui fit cette nouvelle
grâce d'accepter les offres qu'ils lui fai-
soient de sa part, et de lui proposer trois
sujets pour le théâtre, dont il lui laissa le
choix[2] ». Notre poëte prit le temps de la
réflexion; car, le 9 juillet 1658, il écrivait,
de Rouen, à l'abbé de Pure : « Pour moi, la
paresse me semble un métier bien doux, et
les petits efforts que je fais pour m'en ré-
veiller s'arrêtent à la correction de mes
ouvrages. C'en sera fait dans deux mois, si

---

1. A propos de cet ouvrage, voir quelques détails sur un exemplaire ayant appartenu à Molière,
et qui se trouve aujourd'hui à Rouen. Pièces justificatives, VI.

2. Corneille : *Au lecteur*, en tête d'ŒDIPE.

quelque nouveau dessein ne l'interrompt.
J'en voudrois avoir trouvé ¹. »

Ainsi, quand Molière arrivait à Rouen,
Pierre Corneille était en train de préparer
une nouvelle édition de son Théâtre, et il
espérait en avoir terminé « la correction
dans deux mois ». Mais « un nouveau dessein » vint « l'interrompre »; car l'édition
projetée ne parut que plus de deux ans
après, sous ce titre : « LE THÉÂTRE DE
PIERRE CORNEILLE, reveu et corrigé par l'auteur. Imprimé à *Rouen* (par *Laurens
Maurry*), et se vend à *Paris*, chez *Aug.
Courbé* et *Guill. de Luyne*, 1660 ». 4 parties en 3 vol. in-8, avec figures. — On lit à
la fin: « Achevé d'imprimer pour la première fois, le 31 octobre 1660, en vertu
d'un privilége accordé à Pierre Corneille,
du mois de janvier 1653, et à Aug. Courbé,
du 3 décembre 1657. »

Le « nouveau dessein », qui fit reculer
l'édition commencée, fut la tragédie d'*Œ-
dipe*, l'un des trois sujets proposés par

---

1. Lettre inédite donnée par M. Marty-Laveaux,
dans son édition des *Œuvres de P. Corneille*, t. X,
p. 482.

G

Foucquet à notre poëte, et qui devait si-
gnaler sa rentrée au théâtre. On doit y
joindre aussi la présence à Rouen de la
troupe qui nous occupe.

Tels étaient les travaux, les projets, la
disposition d'esprit de Pierre Corneille,
deux mois après l'arrivée des comédiens de
Molière dans la patrie de notre grand poëte
dramatique.

Thomas était dans sa trente-deuxième
année, marié, depuis plus de huit ans[1], à
Marguerite Lampérière, sœur cadette de la
femme de son frère. Il avait déjà donné dix
pièces au théâtre, sept comédies, une pas-
torale burlesque et deux tragédies. L'une de
ces dernières, *Timocrate*, venait d'obtenir,
en 1656, un succès prodigieux. « Elle eut
quatre-vingts représentations de suite, avec
une affluence de spectateurs qui ne cessoient
point de la redemander. Les comédiens s'en
ennuyèrent ; et un d'entre eux s'avança un

---

1. Le contrat sous seing privé est du 5 juillet
1650, et, née le 24 janvier 1631, Marguerite Lampérière avait quatre ans et cinq mois de plus que
Thomas Corneille, puisqu'il était né le 20 avril 1625.
Voir l'*Histoire de la ville des Andelis*, par M. Brossard de Ruville, t. II, p. 338.

jour sur le bord du théâtre, et dit : « Messieurs, vous ne vous lassez point d'entendre *Timocrate!* Pour nous, nous sommes las de le jouer; nous courons risque d'oublier nos autres pièces : trouvez bon que nous ne le représentions plus. ¹ » Tel fut son premier essai dans la tragédie, donnée à la troupe du Marais. Sa facilité au travail, sa mémoire pour retenir ses pièces, son talent pour les réciter, étaient extraordinaires. Le 9 juillet 1658, P. Corneille disait de lui à l'abbé de Pure : « Mon frère vous salue, et travaille avec assez de chagrin. Il ne donnera qu'une pièce cette année ² ».

Pierre et Thomas Corneille s'occupant donc ainsi tous les deux du Théâtre, quand la troupe de Molière vint à Rouen, c'était un besoin réciproque, une nécessité de se voir, de se visiter. Auteurs, acteurs, actrices, n'y ont pas manqué, et ils se sont rencontrés, fréquentés au théâtre, en ville et même à la campagne.

Il y eut d'abord les répétitions de leurs pièces, que la troupe de Molière a jouées à

---

1. *Anecdotes dramatiques*, t. II, p. 225.
2. Même lettre que plus haut, p. 52.

Rouen. Déjà les auteurs étaient dans l'habitude de les surveiller avec le soin le plus scrupuleux; car le sort de leurs ouvrages était dans les mains des acteurs. Le jeu, la diction, le débit, la voix, les intonations, les nuances, les finesses, il fallait tout voir, tout examiner, tout expliquer pour assurer le succès, et la part de l'auteur était considérable avant l'épreuve décisive de la représentation publique. Les deux Corneille n'auront pas manqué à ce premier de leurs devoirs, toutes les fois qu'une de leurs pièces aura été jouée par la troupe de son ami. Si Pierre Corneille, dont la prononciation était lourde et embarrassée, se trouvait hors d'état de les guider, Thomas, qui excellait à bien lire et à bien dire, se sera empressé d'assister aux répétitions des interprètes de leurs œuvres, soit tragiques, soit comiques. C'est ainsi que Racine donnera plus tard des leçons à une Rouennaise, Marie Desmares, si célèbre sous le nom de La Champmeslé, en lui enseignant l'art de bien dire, la première condition de succès pour les artistes de théâtre. Elle avait dix-sept ans, quand la troupe de Molière vint à Rouen; future femme d'un comédien,

peut-elle ne pas avoir assisté aux représentations que cette excellente troupe y donna ?

A peine la troupe est-elle arrivée que
déjà, le 19 mai, Thomas Corneille, qui en
a bien vite reconnu le mérite, exprimait ce
vœu à l'abbé de Pure : « Je voudrais qu'elle
voulût faire alliance avec le Marais : elle en
pourrait changer la destinée. Je ne sais si le
temps pourra faire ce miracle.[1] » Cet intérêt
pour la troupe du Marais était une tradition de famille. Pierre Corneille, en souve-
nir de Mondory, qui fit jouer *Mélite*, la
première de ses œuvres dramatiques, conserva toujours quelque prédilection pour ce
théâtre. Il lui donna, selon toute vraisemblance[2], ses autres comédies et plusieurs
de ses tragédies, entre autres *le Cid*, dont
la représentation assura le succès de l'auteur et des acteurs. Afin de les soutenir
aussi, Thomas Corneille leur fit jouer, en
1656, *Timocrate*, qui obtint les plus écla-
tants succès ; en 1657, *Bérénice* ; et, en 1658,

1. Lettre du 19 mai 1658. Voir plus haut, p. 18.
2. Voir M. Marty-Laveaux, *Œuvres de P. Cor-*
neille, t. I, p. 258, et notre *Corneille et l'acteur*
Mondory, p. 7 de l'Extrait, et REVUE DE LA NOR-
MANDIE, 1869, p. 101).

quand il écrivait ces lignes, il était en train
de composer pour eux la *Mort de l'empereur
Commode*. Mais comme la troupe du Marais était venue à Rouen, en 1656 et 1657[1],
il avait dû remarquer certains symptômes
fâcheux, l'abandon de la tragédie pour
la farce, la tendance à jouer des pièces à
machines, et la faiblesse de quelques acteurs et actrices[2]. L'alliance projetée n'avait
pas d'autre but que d'y remédier, et remar-
quons qu'il tenait ce langage, avant l'arrivée
« des deux beautés attendues », la Du
Parc et la De Brie. Pour se prononcer ainsi,
il fallait fréquenter, voir jouer le reste de la
troupe. On a donc là une première preuve
des rapports établis entre eux.

Avec le temps, ces rapports devinrent
plus intimes, et les deux Corneille reçurent
l'élite de la troupe dans les deux maisons
contiguës de la rue de la Pie (aujourd'hui
rue Pierre Corneille), qu'ils habitaient,
Pierre occupant « la petite maison » où il

---

1. *Registres des délibérations de l'Hôtel-Dieu*
de Rouen.

2. M. Victor Fournel. LES CONTEMPORAINS DE
MOLIÈRE. *Histoire du Théâtre du Marais*, t. III,
pages XIV-XIX, *passim*.

était né, et Thomas, « la grande maison¹ » où il était né pareillement. Sur le côté droit de la rue de la Pie, en venant du Vieux-Marché, et en allant vers la rue des Jacobins (aujourd'hui rue Fontenelle), c'était la maison de Thomas qu'on rencontrait la première. La maison de Pierre venait ensuite, construite en bois et en plâtre, comme l'autre, d'assez belle apparence, avec pignon sur rue, et une porte en bois de chêne, dont Molière a plus d'une fois soulevé le marteau².

A deux lieues de Rouen, au village du Petit-Couronne, non loin des bords de la Seine, à l'extrémité des prés fleuris qu'elle arrose, les deux Corneille possédaient aussi une modeste maison de campagne, bien patrimonial acquis par leur père, en 1608, et qui ne sortira de la famille qu'en 1686,

---

1. D'après une vue, dessinée en 1802, ces mots « grande » et « petite maison » devraient s'entendre de la largeur et non de l'élévation; car c'est « la petite maison » qui est la plus élevée, mais la moins large. — Voir la *Description historique des Maisons de Rouen*, par M. de La Quérière, t. II, planche IX, p. 205. Elles ont été détruites en 1860.

2. La porte est au musée des Antiquités de Rouen. Voir le *Catalogue*, p. 16, n° 32.

après la mort de Pierre Corneille. Une partie des bâtiments avec la cour d'entrée, le puits, le fournil, le petit jardin, ses murs, ses espaliers et ses allées nous reportent, par leur antiquité, au temps même des deux Corneille[1]. C'est là qu'ils venaient se reposer[2], c'est là qu'ils se livraient aux inspirations de la Muse, c'est là que, dans l'été de 1658, ils reçurent quelques acteurs et actrices du Jeu de Paume de Rouen.

Si la lettre de Thomas du 19 mai révèle l'existence de leurs rapports, celle de Pierre, du 9 juillet, en prouve l'intimité. La veille, il se trouvait avec l'une de « ces deux beautés » annoncées par l'abbé de Pure, faisait sa partie avec elle, et perdait l'enjeu, un sonnet. Dès le lendemain matin, il payait sa dette, ainsi que nous l'apprend la fin de sa lettre à l'abbé de Pure[3]. Après la signature, comme s'il eût surmonté un scrupule, ou réparé un oubli, il ajoute :

---

1. Tout l'immeuble a été acquis par le Dép. de la Seine-Inférieure et la restauration de la maison, commencée en 1876, est achevée aujourd'hui.

2. La lettre de P. Corneille à l'abbé de Pure, 25 août 1660, y fait allusion par ces mots du début : « Un petit séjour aux champs », etc.

3. Déjà citée plus haut, p. 52.

CORNEILLE ET Mlle DU PARC.

« Monsieur,

« Je vous envoie un méchant sonnet que je perdis hier au jeu contre une femme dont le visage et la voix valent bien quelque chose. C'est une bagatelle que j'ai brouillée ce matin. Vous en aurez la première copie. Il y a un peu de vanité d'auteur dans les six derniers vers[1] ».

Citons ce sonnet, dont Corneille a jugé à propos de marquer ainsi l'origine, et de dresser l'acte de naissance.

SONNET PERDU AU JEU.

Je chéris ma défaite, et mon destin m'est doux,
Beauté, charme puissant des yeux et des oreilles;
Et je n'ai point regret qu'une heure auprès de vous
Me coûte en votre absence et des soins et des veilles.

Se voir ainsi vaincu par vos rares merveilles,
C'est un malheur commode à faire cent jaloux;
Et le cœur ne soupire, en des pertes pareilles,
Que pour baiser la main qui fait de si grands coups.

Recevez de la mienne, après votre victoire,
Ce que pourroit un roi tenir à quelque gloire,
Ce que les plus beaux yeux n'ont jamais dédaigné.

Je vous en rends, Iris, un juste et prompt hommage.
Hélas! contentez-vous de me l'avoir gagné,
Sans me dérober davantage.

---

1. On doit la publication de cette lettre inédite

Une note de M. Marty-Laveaux sur la première phrase du post-scriptum ci-dessus
porte : « La personne qui a gagné ce son-
nèt, et qui est désignée sous le nom d'Iris,
parait être la Du Parc[1]. » Pour nous cette
attribution n'offre pas l'ombre d'un doute.
« Iris » est le nom poétique sous lequel, au
dire des contemporains[2], les deux frères
ont célébré la Du Parc, et si la lettre de
P. Corneille se borne à louer le visage de
cette personne, sans la nommer, c'est qu'il
sait bien que l'abbé de Pure la reconnaitra
sans peine, en ayant lui-même vanté la
beauté, dans sa lettre à Thomas Corneille[3].

Ces rapports sont encore constatés par
une élégie que ce dernier, de son côté,
adressait à la même Iris. Dans le recueil
manuscrit de Conrart, elle est intitulée :
Déclaration d'amour à Iris, et signée :
CORNEILLE *le cadet.* Pour ne point laisser
de doute sur l'identité de la personne, on

à M. Marty-Lavaux. *Œuvres de P. Corneille,*
t. X, page 482.

1. *Œuvres de P. Corneille,* t. X, p. 482. — Le
Sonnet est à la page 140.

2. *Ibid.,* t. X, p. 141, 142, 362.

3. Voir plus haut, p. 22.

a eu soin de mettre, à la marge du manuscrit : « C'est la même comédienne pour qui
Corneille l'aisné a fait une autre élégie qui
commence :

Allez, charmante Iris », etc. [1]

L'élégie où Thomas Corneille a retracé
son martyre, plus ou moins réel, et déclaré
le prix qu'il attend d'Iris, n'a pas moins de
cent trente-six vers héroïques. Il a dû l'adresser à cette actrice, lorsqu'elle séjournait à
Rouen, depuis un certain temps.

Bien malgré lui, réduit à se taire, il dé-
bute naturellement par un exorde *ex
abrupto.*

Iris, je vais parler, c'est trop de violence.
Il est temps que mon feu se dérobe au silence,
Et qu'il fasse échapper au respect qui me nuit
L'aveu du triste état où vous m'avez réduit.

Ses yeux ont cent fois parlé; mais Iris n'a
pas voulu en comprendre le langage, parce
qu'elle le regardait comme un captif indigne de ses chaînes.

---

1. *Œuvres de P. Corneille*, t. X, p. 362. — Il
sera question, plus loin, de cette pièce de vers.

Il le confesse; son faible mérite diminue l'espoir que les attraits irrésistibles de sa beauté ont fait naître.

J'ai des yeux comme un autre à me laisser charmer;
J'ai comme un autre un cœur ardent à s'enflammer;
Et dans les doux appas, dont vous êtes pourvue,
J'ai dû brûler pour vous, puisque je vous ai vue.

Cette séduction devait être bien réelle, puisque, suivant la remarque d'un commentateur, cinq des plus grands génies du dix-septième siècle s'éprirent successivement de la même actrice : « Molière, à Lyon, en 1653; les deux Corneille, à Rouen, en 1658; La Fontaine et Racine, à Paris, en 1664. »

Il décrit alors l'éclat impérieux de sa beauté, aussitôt qu'il vient frapper la vue. Ses yeux, son visage, son teint font le désespoir de cent autres beautés, qui ne sauraient égaler, même avec la plus douce imposture de l'art,

Ce teint dont la blancheur, sans être mendiée,
Passe en vivacité la plus étudiée,
Et pare avec orgueil le plus brillant séjour
Où les Grâces jamais aient attiré l'amour.

Comme il avait su jusque-là échapper à toute surprise, il crut pouvoir admirer im-

punément les charmes de la séduisante
Iris.

Ainsi de vos beautés, qu'on vantait sans pareilles [1],
Je voulus à loisir contempler les merveilles;
Ainsi j'examinai tous ces riches trésors,
Que prodigua le ciel à former votre corps,
Ce corps noblement fier, cette taille divine,
Qui par sa majesté marque son origine [2],
Seule égale à soi-même et tellement à vous,
Que, la formant unique, il s'en montra jaloux.

De l'admiration à l'amour la pente était
fatale. Pour s'en défendre, une révolte lui
parut nécessaire; elle ne fit que resserrer
ses liens, au lieu de les briser.

Le seul privilége qu'il réclame, ce n'est

---

1. Voir la réponse à la lettre de l'abbé de Pure,
plus haut, p. 18.

2. On la croyait d'origine italienne et d'une
naissance aristocratique. « Mlle de Gorle était-elle
de famille noble, et dans « Marquise », qui était
ajouté au prénom Thérèse, faut-il voir l'indication
d'une qualité? Je n'en sais rien. » M. A. Jal. *Dictionnaire critique*, page 936.— « *Marquise* est l'ancien prénom *Marquèse*, qui se rencontre souvent
dans les vieux titres, dans les anciennes grandes
familles gasconnes. » M. J. Loiseleur, *Points obscurs*, etc. Note de la page 261.

pas le don de son cœur, car il en est indigne ; sa demande est plus modeste :

Permettez seulement, pour flatter mon martyre,
Que, vous osant aimer, j'ose aussi vous le dire ;
Qu'à vos pieds mon respect apporte chaque jour
Les serments redoublés d'un immuable amour [1].

La permission dut être accordée, et, si Thomas Corneille, qui avait eu « des yeux comme un autre » (son frère, l'auteur du sonnet ?) ne vint pas « chaque jour » renouveler ses serments aux pieds de la Du Parc, il dut continuer à lui faire de fréquentes visites, pendant le reste de son séjour.

A la veille du départ de Rouen pour Paris, vers la mi-octobre, Pierre Corneille, toujours épris des charmes de sa société, saisit la plume, une seconde fois, pour lui adresser de touchants adieux. Il le fit dans une pièce intitulée : *Sur le départ de Madame la Marquise de B. A. T.*, pièce qui n'a pas moins de cent deux vers héroïques, et deux ou trois fois publiée du temps de

---

1. *Œuvres de P. Corneille*, édit. Marty-Laveaux, t. X, pages 363-367.

Corneille [1]. Elle se lit également dans le recueil manuscrit de Conrart (t. IX, p. 911), où elle est intitulée : *Sur le départ d'Iris.* Ce poëme est signé : CORNEILLE L'AISNÉ. Conrart a écrit en marge la note suivante, qui nous en donne la date et nous fait connaître à qui elle était adressée : « 1658. C'est une jeune comédienne fort belle, nommée la Du Parc, autrement la Marquise [2]. »

Cette qualification de « Marquise » n'est point une invention de ses adorateurs. Elle l'a prise elle-même, dans son acte de mariage, où elle a signé en toutes lettres : « MARQUISE DE GORLA », et on la retrouve souvent ailleurs, sous la forme francisée de « Marquise de Gorle [3] ».

---

1. 1° En feuille volante, in-4, sans date d'année; 2° dans un *Petit Recueil de poésies choisies non encore imprimées*, à Amsterdam. M.DC.LX, petit in-8, pages 47 et 48, sous ce titre : « Sur le départ de Mademoiselle la marquise de C. A. B. »; 3° à la page 79 de la cinquième partie des *Poésies choisies* publiées par Sercy en 1660. — M Marty-Laveaux, *Œuvres de P. Corneille*. t X, p. 141.

2. M. Marty-Laveaux, *Œuvres de P. Corneille*, t. X, p. 141.

3. *Origines du Théâtre de Lyon*, par M. Brouchoud. Documents, p. 45. — M. Jal, *Dictionnaire critique*, p. 936.

Voici le début de cette pièce :

Allez, belle marquise, allez en d'autres lieux
Semer les doux périls qui naissent de vos yeux.
Vous trouverez partout les âmes toutes prêtes
A recevoir vos lois et grossir vos conquêtes,
Et les cœurs à l'envi se jetant dans vos fers
Ne feront point de vœux qui ne vous soient offerts;
Mais ne pensez pas tant aux glorieuses peines
De ces nouveaux captifs qui vont prendre vos chaî-
[nes.
Que vous teniez vos soins tout à fait dispensés
De faire un peu de grâce à ceux que vous laissez.
Apprenez à leur noble et chère servitude
L'art de vivre sans vous et sans inquiétude;
Et, si sans faire un crime on peut vous en prier,
Marquise, apprenez-moi l'art de vous oublier.

La pièce se poursuit sur ce·même ton de
galanterie, à propos des tourments de l'absence. Son cœur a voulu faire le rebelle, et
chercher, dans les dédains de l'objet aimé,
un motif de rupture, qui aurait suffi pour
le guérir, comme il en fait fièrement l'aveu.

J'aime, mais en aimant je n'ai pas la bassesse
D'aimer jusqu'aux mépris de l'objet qui me blesse;
Ma flamme se dissipe à la moindre rigueur.

Il sait bien que son amour ne peut pré-
tendre à obtenir « cœur pour cœur », et il

fait ainsi le procès à ses cinquante-deux ans :

Je vois mes cheveux gris, je sais que les années
Laissent peu de mérite aux âmes les mieux nées ;
Que les plus beaux talents des plus rares esprits,
Quand les corps sont usés, perdent bien de leur
[prix ;
Que, si dans mes beaux jours je parus supportable,
J'ai trop longtemps aimé pour être encore aimable,
Et que d'un front ridé les replis jaunissants
Mêlent un triste charme aux plus dignes encens.

Toutefois elle aurait tort de le dédaigner, parce qu'il peut en retour lui donner de la gloire.

Je connois mes défauts ; mais après tout, je pense
Être pour vous encore un captif d'importance ;
Car vous aimez la gloire et vous savez qu'un roi
Ne vous en peut jamais assurer tant que moi[1].

C'est pour cela sans doute qu'à la veille du départ elle a renoué avec celui qui s'était éloigné d'elle. Il consent qu'elle ne l'aime plus, qu'elle repousse ses soupirs, pourvu que ce soit en faveur de son frère.

---

1. Corneille aurait bien pu répéter la fin de son *post-scriptum* à l'abbé de Pure, à propos du « Sonnet » envoyé à la même actrice : « Il y a ici un peu de vanité d'auteur. » Voir plus haut, p. 61.

I

Faites-moi présumer qu'il en est quelques autres
A qui jusqu'en ces lieux vous renvoyez les vôtres,
Qu'en faveur d'un rival vous allez me trahir;
J'en ai, vous le savez, que je ne puis haïr[1].

Toutes ces déclarations, tous ces regrets poétiques, que les deux frères adressaient à l'envi à la belle actrice, sont une preuve manifeste de la fréquence et de l'intimité des rapports qui existèrent à Rouen, entre eux et la troupe de Molière; car il était impossible d'isoler la Du Parc de Gros-René, son mari, de Molière, de Madeleine Béjart et de quelques camarades encore.

La beauté de cette femme, son talent comme actrice sauvent les deux Corneille du ridicule de venir, comme Boileau le reprochait à d'autres poëtes de son temps,

Pour quelque *Iris* en l'air faire les langoureux.

Satires, IX, p. 262.

Ils ont bien pu, dans une certaine mesure, se montrer sensibles à sa beauté. Mais

---

1. M. Marty-Laveaux met en note sur ce dernier vers : « D'abord son frère Thomas Corneille, ensuite son ami Molière. » *Œuvres de P. Corneille*, t. X, p. 148. — La pièce est citée, pages 142-149.

on conçoit aussi que, poëtes dramatiques
tous les deux, l'admiration pour le talent
de la comédienne consommée ne soit pas
restée étrangère à l'expression poétique de
leurs sentiments, quand ils la voyaient, à
Rouen, répéter ou représenter leurs pièces.
« Mademoiselle Du Parc jouait les princesses
dans la tragédie ; elle remplissait aussi dans
la comédie les seconds rôles d'amoureuses.
Elle joignait encore au talent de la décla-
mation et du jeu de théâtre celui de la
danse [1]. » Ils avaient donc en elle une inter-
prète distinguée pour leurs compositions
dramatiques, et il était utile de gagner sa
bienveillance, de s'assurer son concours,
présent et futur, dans l'intérêt de leurs
œuvres.

En sa qualité de femme et d'actrice, la
Du Parc se rangeait, sans effort, parmi ces
mortelles,

Qui veulent tous les jours des louanges nouvelles.

Ainsi que La Fontaine, l'un de ses futurs

---

1. M. Taschereau, *Histoire de la Vie et des Ouvrages de P. Corneille*. 1869, 3ᵉ édition, t. II,
p. 16.

admirateurs, les deux Corneille savaient
bien que :

Pas une ne s'endort à ce bruit si flatteur.

Comme lui, ils connaissaient toute la puissance de l'éloge, aussi bien sur les actrices
que sur les grands du monde.

Ce breuvage vanté par le peuple rimeur,
Le nectar, que l'on sert au maître du tonnerre,
Et dont nous enivrons tous les dieux de la terre,
C'est la louange, Iris [1].

Mais, bien différente de Mme de la Sablière,
la Du Parc goûtait la louange, fût-elle in-
téressée, et c'est par là que l'attaquaient nos
deux poëtes.

Sur Molière même, nous n'avons qu'un
renseignement précis. La préoccupation de
rentrer à Paris interrompit quelquefois son
séjour à Rouen. Pendant que sa troupe y
jouait, il se rendit dans la capitale, pour y
servir les intérêts de ses camarades et les
siens, et réaliser le projet qu'ils caressaient
tous de s'y établir.

Dans les premiers jours d'octobre, il avait
fini par atteindre son but. « Après quelques

---

1. La Fontaine. *Fables*, X, 1.

voyages qu'il fit secrètement à Paris, il eut
l'avantage de faire agréer ses services à
Monsieur, frère unique du Roi, qui, lui
ayant accordé sa protection et le titre de sa
Troupe[1], la présenta en cette qualité au Roi
et à la Reine Mère[2]. »

Grande dut être la joie de Madeleine
Béjart et du reste de la troupe, en recevant
cette bonne nouvelle, qui, dans la première
quinzaine d'octobre, mit fin à leur séjour
de plus de cinq mois, à Rouen. « Les camarades de Molière, qu'il avait laissés à Rouen,
en partirent aussitôt, et, le 24 octobre 1658,
cette troupe commença de paraitre devant
Leurs Majesté ; et toute la Cour sur un théà-
tre que le Roi avait fait dresser dans la
salle des Gardes du vieux Louvre[3]. »

Ce sont là les seuls détails connus jusqu'ici sur le chef de la troupe, pendant son
séjour à Rouen.

Si l'on est moins heureux encore pour

---

1. Ils ont d'abord porté le titre de « Comédiens
de M. le duc d'Anjou (Monsieur, qui fut duc d'Orléans). » *Dictionnaire critique*, de M. Jal, p. 936;
ou bien de « Comédiens de Monsieur », et enfin
de « Comédiens du Roi », en 1665.
2. Préface de l'édition de Molière, 1682.
3. *Ibid.*

constater ses rapports avec Corneille, la
conduite de Molière, aussitôt après son
départ de Rouen, et plus tard, atteste hau-
tement toute la bienveillance dont ils étaient
empreints. Ce sont des preuves morales non
moins fortes que des témoignages écrits, et
nous y voyons l'heureuse conséquence de
l'intimité contractée à Rouen.

Appelé à l'honneur de paraître devant le
Roi, le 24 octobre 1658, la première pièce
que Molière fait jouer à sa troupe est une
tragédie de Corneille, *Nicomède*, donnée au
théâtre, huit ans auparavant.

Cela ne suffit pas à Molière. Du 24 octobre 1658 jusqu'au 18 novembre 1659, jour
de la première représentation des *Précieu-
ses ridicules*, il fait représenter sur son
théâtre du Petit-Bourbon, situé entre Saint-
Germain l'Auxerrois et le vieux Louvre,
dix pièces des deux frères : *Nicomède, Héraclius, Rodogune, Cinna, le Menteur, la
Mort de Pompée, Don Bertrand de Cigarral, le Cid, Jodelet prince* ou *le Geôlier de
soi-même, Horace*[1]. Évidemment toutes ces

1. Résumé du *Registre de La Grange*, année
1659, pages 5-14.

pièces n'ont pu être apprises et jouées, en
une seule et même année; d'où l'on peut
conclure que la plupart d'entre elles furent
représentées, à Rouen, l'année précédente,
ainsi que nous l'avons supposé.

Ce n'est pas tout. Le vieux poëte, lors de
sa lutte contre son jeune rival, Racine,
trouva toujours le même appui chez Molière.
Il fit jouer, sur son théâtre, les pièces de
Corneille, que la troupe du Marais ne pouvait plus et que l'Hôtel de Bourgogne ne
voulait plus jouer. Du 18 novembre 1659
jusqu'en 1670, viennent *Sertorius*, *Attila* et
Bérénice. Pour cette dernière pièce le service fut considérable, puisqu'en 1676, les
comédiens ne voulant plus la représenter,
la protection du Roi faisait dire au poëte
délaissé, avec un espoir mêlé d'amertume :

Et *Bérénice* enfin trouverait des acteurs[1].

En 1671, Molière donna *Psyché*, tragédie-
ballet, où Corneille n'avait laissé que peu
de chose à faire à ses deux collaborateurs,
Quinault et Molière.

---

1. « Au Roi. Sur *Cinna*, *Pompée*, *Horace*, *Sertorius*, *Œdipe*, *Rodogune*, qu'il a fait représenter
de suite devant lui, à Versailles, en octobre 1676. »

La présence de Molière à Rouen n'aura pas été non plus sans influence sur Corneille, pour le faire rentrer dans la carrière dramatique. Une de ses lettres montre qu'il y songeait déjà [1]. Les conseils, les exhortations de Molière auront triomphé de ses dernières hésitations, non moins que la protection de Foucquet. C'est pendant le séjour de Molière à Rouen que Corneille a trouvé « le dessein » d'*Œdipe*, tragédie nouvelle, achevée après le départ de la troupe, cet « ouvrage de deux mois », comme il nous l'apprend lui-même, représenté, le 24 février 1659, par les comédiens du Marais.

Outre les pièces de vers déjà citées, P. Corneille en composa d'autres, toujours à cause du séjour de la troupe à Rouen, en l'honneur de la Du Parc, à des dates difficiles à préciser. On croit qu'il s'agit d'elle dans le *Sonnet :* « Je vous estime, Iris », etc.; dans les belles *Stances* commençant par ces mots : « Marquise, si mon visage », etc.; enfin dans le *Madrigal* fait « pour une dame

---

1. Voir plus haut, p. 53.

qui représentoit la Nuit dans la comédie d'Endymion ». Ces attributions paraissent bien fondées. La place que les pièces occupent dans les *Poésies choisies* de Sercy, immédiatement après les vers de P. Corneille « sur le Départ de madame la marquise de B. A. T. », et après l'*Élégie* où Th. Corneille lui déclare son amour, en est une première preuve. Mais le fond des idées, le retour des mêmes pensées, les sentiments exprimés ne permettent pas de douter que Corneille s'adresse à la même personne, tant est naturel et étroit le lien qui unit toutes ces pièces entre elles[1].

Cependant P. Corneille finit par se détacher de la Du Parc, et la preuve s'en trouve dans les derniers vers de son Adieu, qui ne pouvaient, en aucune façon, faire partie de la pièce primitive. Il n'aurait jamais pu lui dire, à Rouen, en lui remettant cet Adieu :

Ainsi parla Cléandre, et ses maux se passèrent,
Son feu s'évanouit, ses déplaisirs cessèrent ;
Il vécut sans la dame, et vécut sans ennui,
Comme la dame ailleurs se divertit sans lui.

---

1. M. Marty-Laveaux, *Œuvres de Pierre Corneille*, t. X, pages 154, 163, 165.

J

Ces quatre vers ont été ajoutés plus tard par notre auteur. C'est le dénoûment fatal de tous ces amours que la tête et l'intérêt, et non le cœur, inspirent, et la Du Parc ne dut pas trop s'en étonner, prévenue qu'elle était par ce vers de l'Adieu :

Ma flamme se dissipe à la moindre rigueur.

L'éloignement, l'absence auront, aux yeux du poëte, justifié cette sorte de désaveu du passé.

La décision prise par la Du Parc et son mari, six mois après leur séjour à Rouen et leurs rapports avec les deux Corneille, peut en être regardée aussi comme une conséquence assez prochaine. Le *Registre de La Grange* indique l'époque où tous les deux quittèrent Molière.

« Il y eust du changement après Pasques de l'année *1659.*

« Le s^r Du Parc sortit de la troupe avec Mad^{lle} Duparc, sa femme, et passerent tous deux dans la Troupe establie au Marais.

« Le s^r Dufresne sortit de la Troupe et se retira à Argentan, son pays natal.

« La Troupe congedia le sʳ Croisac, gagiste ¹. »

C'est donc après le 13 avril 1659 que
Molière perdit Du Parc et sa femme. « Le
temps avait fait », non pas tout « le miracle », mais une partie « du miracle »,
dont Thomas Corneille mettait en doute la
possibilité. Il faut espérer que les deux
frères n'y ont pas aidé autrement que par
leurs poétiques éloges, prodigués à cette
actrice². Sans cela Molière aurait eu à souffrir, comme directeur de troupe, de la part
de ceux dont il s'empressait, comme ami,
de représenter les pièces. En tous cas, la
séparation fut de courte durée; la Du Parc
et Gros-René revinrent chez Molière, à
Pâques 1660 ³.

Une autre conséquence du séjour à Rouen
fut la représentation, un peu plus d'une
année après le départ, d'une tragédie, œuvre

---

1. Page 4. — Du Fresne avait été le directeur de
la troupe, lors du départ de Paris, en 1646, pour
« aller en campagne », c'est-à-dire parcourir la
province.

2. Voir plus haut, pages 61-70.

3. *Dictionnaire critique* de M. A. Jal, article
PARC (du), p. 936.

tout à fait inconnue d'un Rouennais resté fort ignoré. Sur son théâtre du Petit-Bourbon, Molière fit représenter, en 1659, *Pylade et Oreste*, « la piéce nouvelle de M. Coqueteau La Clairière, de Rouen », comme La Grange a pris soin de l'écrire à la marge de son *Registre*. Elle eut trois représentations dans la même semaine, les jours ordinaires de la troupe.

Voici les indications qui la concernent, tant pour les jours de représentation que pour les recettes et le partage entre les comédiens.

Dimanche 23 novembre, *Pylade*.... .... 540 fr.
      Partagé......... 46 fr. 10 c.

Mardi, 25⁻ᵉ. — *Pylade et Oreste*........ 300 fr.
      Partagé......... 22 fr. 10 c.

Vendredy, 28⁻ᵉ. — *Pylade et Oreste*..... 180 fr.
      Partagé......... 12 fr. 10 c.[1]

A cet obscur Rouennais, à ce précurseur de Pradon, autre Rouennais, Molière prêta son théâtre et le concours de ses comédiens

---

1. *Registre de La Grange*, 1876, p. 13. — La disposition de l'imprimé est conservée.

pour faire valoir sa pièce. Mais, malgré son bon vouloir, elle disparut de la scène, après ces trois représentations. La diminution rapide des recettes en explique tout naturellement la cause.

Jusqu'ici le nom de La Clairière, absent de *l'Histoire générale du Théâtre François* des frères Parfaict, n'était connu que pour deux tragédies, *Amurat* et *Iphigénie,* qu'on lui attribuait timidement, et qu'on disait avoir été représentées aux Français. [1] On peut y ajouter avec certitude la tragédie de *Pylade et Oreste,* dont il n'est question nulle part que chez La Grange. La représentation de cette pièce par la troupe de Molière confère à l'auteur un nouveau titre pour sauver son nom d'un plus complet oubli.

Tels sont les faits qui signalèrent et suivirent immédiatement le séjour de six mois que Molière fit à Rouen avec sa troupe. Ce fut la dernière étape de cette vie de luttes de tout genre et de courses errantes, qui

---

1. *Dictionnaire portatif des Théâtres,* par M. de Léris, 2ᵉ édition, 1763, p. 603, et les *Muses françoises,* 1764, p. 95. Ce nom y est écrit : *La Clérière.*

avaient duré douze années. Molière avait
alors trente-six ans, et, s'il put échapper au
péril, ce fut grâce aux dons supérieurs qu'il
avait reçus du ciel, suivant la judicieuse
remarque de l'un de ses biographes :
« Contre les écueils dont une pareille vie
« est semée, combien eussent fait naufrage!
« Molière en sortit sain et sauf, parce que le
« ciel lui avait départi une droiture et une
« probité aussi extraordinaires que son gé-
« nie [1]. »

Certes les conjectures, les lacunes sont
encore trop nombreuses sur plusieurs faits
et sur bien des circonstances et des détails
du séjour de Molière et de sa troupe à
Rouen. Mais au moins nous avons pu constater ce séjour par une preuve contemporaine, interpréter plus complètement des
textes connus, fournir quelques dates cer-
taines, montrer les rapports de cette troupe
avec les deux Corneille, en y joignant plusieurs renseignements topographiques. D'autres, plus heureux que nous, pourront peut-

---

1. M. Génin. — *Vie de Molière*, en tête du
LEXIQUE COMPARÉ DE LA LANGUE DE MOLIÈRE,
p. XIV.

être un jour ajouter de nouveaux détails à cette étude, grâce aux documents que le temps ne manquera pas de faire découvrir. Il nous suffit d'avoir frayé la voie dans cette partie presque inconnue de la vie du grand acteur, du grand poëte comique, auquel Rouen donna les premiers et les derniers applaudissements que sa troupe et lui-même reçurent en province.

PIÈCES JUSTIFICATIVES

I

(Voyez Avertissement, p. 7.)

ACTE AUTHENTIQUE CONSTATANT LA PRÉSENCE DE LA TROUPE DE MOLIÈRE, A ROUEN, EN 1643.

ONSIEUR E. Soulié, regrettant, dans ses *Recherches sur Molière et sur sa Famille*, que l'inventaire des papiers de Molière n'eût point fourni d'indication antérieure à 1659, et que celui de Madeleine Béjart n'eût donné que trois dates relatives à l'itinéraire de Molière dans le Midi de la France, disait : « Pour préciser les faits qui se rapportent

à cette période de la vie de Molière, il faudra rechercher dans les départements des documents analogues à ceux que renferment les études des notaires de Paris. » (Pages 6, 47 et 48.)

C'était un juste pressentiment de la vérité. Aussi M. E. Soulié vint-il à Rouen, en 1863, afin de poursuivre sur Molière les recherches qu'il avait si bien inaugurées à Paris, et dont le résultat est consigné dans un *Rapport* spécial, que les *Archives des Missions scientifiques et littéraires*, 2ᵉ série, tome Iᵉʳ, 1865, s'empressèrent de publier. La partie concernant Rouen va de la page 482 à 485.

Les Registres du Tabellionnage de Rouen, déposés au Palais de Justice, n'ont rien offert au savant explorateur, parce que, d'après l'opinion générale, il croyait à un seul séjour de la troupe de Molière à Rouen, celui de 1658, sans soupçonner que, quinze ans auparavant, quatre mois après la constitution de la troupe de l'Illustre Théâtre [1], cette

---

1. M. Soulié, qui découvrit cet acte, le publia dans la *Correspondance littéraire* de M. Lud. Lalanne, 25 janvier 1865. Il fut passé, le 30 juin 1643, devant Mᵉ Fieffé, notaire à Paris.

troupe était déjà venue à Rouen, sans avoir fait de débuts dans la capitale, selon toute apparence.

On a cru que Charles Perrault avait connaissance de ce premier séjour [1], quand il disait : « Sa Trouppe (de Molière) estant formée il alla joüer à Rouen, et de là à Lyon, où ayant plû au Prince de Conty, qui jeune alors et non encore dans les sentimens de Piété qui l'ont porté à écrire si solidement et si chrétiennement contre la Comédie, les prit pour ses Comédiens et leur donna des Appointemens. De là ils vinrent à Paris, où ils jouerent devant le Roy et toute la Cour [2]. » Ce passage, où les noms des villes et l'ordre chronologique sont singulièrement bouleversés, donne à penser qu'il s'agit plutôt du second séjour à Rouen, en 1658, que du premier, en 1643, surtout quand on en considère la dernière phrase.

En tout cas l'Acte authentique vaut mieux qu'une assertion équivoque, sans aucune

---

1. M. J. Loiseleur, *les Points obscurs de la vie de Molière*, p. 120.

2. *Les Hommes illustres qui ont paru en France pendant ce siècle*, édit. in-12. 1698, La Haye, p. 219.

preuve. La découverte de cet Acte est due à
M. E. Gosselin, l'infatigable greffier-archiviste de la Cour d'Appel de Rouen. Après
avoir eu la bonne fortune de le déterrer dans
les Registres du Tabellionnage, en 1870, il
en donna aussitôt le texte à la *Revue de la
Normandie*, avec le fac-simile des signatures
de toute la troupe de l'Illustre Théâtre.
(Pages 239-240.)

Pour bien comprendre cet Acte, passé le
3 novembre 1643, chez Me Cavé, notaire
royal à Rouen, il faut savoir que Noël Gallois avait, par bail passé, le 12 septembre
1643, à Paris, devant le notaire Legay [1],
loué à la troupe de l'Illustre Théâtre le
Jeu de Paume du Métayer, situé dans la
capitale, et dont il va être question.

On sait que c'est à peine si, après la des-
truction des manuscrits de Molière, on peut
produire de lui quatre ou cinq signatures.
En voici une donnée, à Rouen, par-devant
notaire, quand il était dans sa vingt-deuxième
année. Elle doit être unique en son genre,
comme celles de plusieurs de ses camara-

---

1. Publié en partie par M. J. Loiseleur, *Points
obscurs de la vie de Molière*, pages 375-376.

des, données à la même époque. Ainsi se trouve satisfait le vœu exprimé par M. Paul Lacroix, dans sa *Bibliographie moliéresque*, p. 339, où il est question de cet Acte et de ces signatures.

« *Du mardy après midy trois* jour de novembre *XVI* quarante trois devant *M* Cavé, notaire royal à Rouen.*

« Furent presents Denis Beys, JEAN BAPTISTE POQUELIN, Germain Clerin, Joseph Bejart, Nicollas Bonenfant, Georges Pinel, Magdelaine Malingre, Catherine des Urleis, Genevieve Bejart, Catherine Bourgeois, tous associez pour faire la commedie soubz le tiltre de Lillustre teatre, les quelz de leur bon gré ont faict et constitué leur procureur general et special.... auquel portant la presente les dits s** et dame constituant luy ont donné et donne plain pouvoir puissance et authorité de pour eux et en leurs noms poursuivre par toutes vcoies deues et raisonnables les personnes de Noel Gallois m* du jeu de Paulme du Mestayer et Claude Michault m* charpentier et Jean Duplessis menuisier et autres associez ensemble pour les ouvrages par eux entreprins à faire pour les dits S** et Dame constituant et suivant l'accord et concordat fait avec les dits S** et Dame constituant d'une part et les dits Gallois du Mettayer et Michault d'autre, icelluy accord faire mectre à exécution par le dit Procureur pour et au nom des dits S** constituant et faulte par les dits Galloys Mettayer et Michault de ne voulloir travailler et mettre les maisons et jeux de Paulme en estat de jouer à leur retour comme ils se sont submis par icelluy, les y faire contraindre par toutes veoies de justice deues et raisonnables mesme par corps au retardement de leur structure et de

respondre des dommages frais et intherets qui
pourroient estre faicts par leur retardement et
d'advertir les dessus dits Gallois, Michault et Duplessis qu'ils aient à faire mettre et entrer le bois
dans le dict jeu de Paulme et y travailler et faire
travailler à ce que tout soit rendu prest et en estat
de jouer comme ils se sont obligez par leur dit
concordat dont le dict Procureur est saisi et pour
l'effect sus dict plaider, opposer, appeler, eslire
domicile, jurer et faire au surplus tout ce qui au
faict et stil de plaiderie appartient et generalement
promette (sic) et obligent leurs biens. Presents Louis
Dubocs et Nicollas Lefebvre demeurant à Rouen.

« *Signé* : D. BEYS, Genevieffe BEJART,
G. CLERIN, Jean Baptiste
POQUELIN, Joseph BEJART,
M. BEJART, Caterine des
URLEIS, BONNENFANT, PI-
NEL, Madelaine MALINGRE,
Chaterine BOURGEOIS, DU-
BOSC, LEFEBVRE, et CAVÉ
(notaire). »

Sur tous ces comédiens, dont les noms,
sauf celui de Catherine Bourgeois, se retrou-
vent dans l'Acte constitutif de l'association
de la Troupe, M. Soulié a donné d'utiles
renseignements et nous y renvoyons[1].

Nous y joindrons cependant les remarques
suivantes :

La signature de D. Beys montre que Denis

---

1. *Recherches*, pages 34-37.

FAC-SIMILE

DES SIGNATURES DE LA TROUPE DE *l'Illustre Théâtre* DANS L'ACTE DU 3 NOVEMBRE 1643.

Beys et Charles Beys ne sont pas un seul et même personnage, mais bien deux membres de la même famille, comme on l'a dit avec raison [1].

Ensuite « Jean-Baptiste », prénom de Poquelin, est écrit en toutes lettres, ce qui n'a pas lieu pour deux autres signatures, où l'on ne trouve que les initiales J. B. [2], et point de parafe. Poquelin n'est pas non plus suivi des mots « sieur de Molière », ou bien « dit Molière », ou simplement « Molière », qu'on rencontre dans d'autres actes. C'est à partir de 1644 qu'on trouve son nom de théâtre avec ou sans le nom de famille.

Geneviève Béjart n'y prend pas non plus le nom de « Mlle Hervé », celui de sa mère, sous lequel elle sera désignée plus tard au théâtre.

Joseph Béjart y met tout au long son prénom, qu'on a eu le grand tort de remplacer trop souvent, jusque dans ces derniers

----

1. M. J. Loiseleur, *les Points obscurs de la vie de Molière*, p. 116.
2. Voir les deux fac-simile donnés par M. Brouchoud, *les Origines du Théâtre de Lyon*, pages 48 et 56.

temps, par celui de «Jacques», qui n'était pas le sien.

Catherine Bourgeois écrivait son prénom «Chatherine», comme elle le fera encore, le 28 décembre suivant, en signant le marché passé, à Paris, entre Léonard Aubry, maître paveur, et les comédiens de l'Illustre Théâtre, après leur départ de Rouen.

On y trouve aussi la nouvelle orthographe d'un nom présenté sous trois formes diverses : *Des Urleis, Des Urlis, Désurlis.* M. Jal avait déjà signalé l'erreur la plus fréquente. A l'article « DESURLIS et non DES URLIS », il disait : « Les auteurs qui ont parlé de Catherine Desurlis ont altéré l'orthographe de son nom patronymique, et ont de Desurlis fait « des Urlis », qui a meilleur air peut-être. Toutes les signatures que j'ai vues des Desurlis ne laissent pas de doute sur la véritable forme d'un nom qui put s'altérer facilement, la prononciation « Desurlis » différant peu de « Des Urlis » [1]. Dans l'Acte de Rouen du 3 novembre 1643, cette actrice, en écrivant

---

[1]. *Dictionnaire critique de Biographie et d'Histoire,* p. 492.

son nom « Catherine Desruleis », a donc
donné une forme inconnue à M. Jal. Elle
est peut-être la forme primitive de ce nom;
mais, en tout cas, elle est « la véritable forme »,
puisqu'elle est fournie par la signature même
de cette actrice. C'est encore ainsi qu'elle
avait écrit son nom, dans l'Acte constitutif
de la Société de l'Illustre Théâtre, 30 juin
1643, où M. E. Soulié a lu : « des Urleis ».
L'Acte de Rouen n'offre point de séparation
entre l's et l'u de ce nom; il y en aurait
plutôt une entre l'e et l's, « de surleis ».
Mais « Desurleis », tel est bien le nom de
l'actrice qui ne fit que passer dans la troupe
de Molière, à son début, et qu'on n'y retrouve plus, à partir de 1644. Enfin l'accent
aigu de *Désurlis* n'apparaît nulle part.

Cet acte fait connaître encore le nom de
« Noël Gallois, m⁺ du jeu de Paulme du
Mestayer ». Une minute du Châtelet, du
12 août 1642, donne le nom de son prédé-
cesseur, « défunt Martin Métayer, vivant
maître paumier et propriétaire de la maison où le dit défunt étoit demeurant ». On
sait aussi qu'il appartenait en partie à deux
frères, Nicolas et Louis Métayer. Le 20 mars
1641, Louis Métayer, « émancipé d'âge sous

L

l'autorité de Nicolas Métayer son frère »,
adresse une requête au Lieutenant civil du
Châtelet, Daubray, pour être autorisé à
vendre, avec l'assistance de son curateur,
« un dixième qu'il a en un jeu de paume,
situé faux-bourgs Saint-Germain, entre les
portes de Nesle et de Bucy, appelé *le Mestayer* ».

Ce Noël Gallois, que la procuration de
Rouen désigne successivement sous les
noms de « Noël Gallois, m° du jeu de Paulme du Mestayer », de « Gallois du Mettayer »,
de « Gallois Mettayer » [1], enfin de « Gallois »,
est l'un des propriétaires, le principal
propriétaire peut-être, du Jeu de Paume du
Métayer, où Mo...re et sa troupe devaient
faire leurs débuts à Paris, après le départ
de Rouen.

---

[1]. Ces deux dernières rédactions manquent de
clarté pour exprimer ce fait que « Gallois était
propriétaire du jeu de Paume le Metayer ». — *Du
Mettayer* et *Mettayer* ne sont point ici, pour Gallois, un nom de famille, mais celui de l'immeuble
possédé par la famille de ce nom. Les Métayer de
Paris ne possédaient point de Jeu de Paume à
Rouen (*Points obscurs de la vie de Molière*, p. 120).
Celui qui appartenait aux Métayer de Rouen avait
nom *la Cuiller à Pot*. (M. Gosselin, *Molière à
Rouen en 1643*, p. 15.)

La procuration de Rouen dit : « Le jeu de
Paulme *du Métayer* », au singulier, se re-
portant sans doute à l'époque où il n'avait
qu'un seul propriétaire. Plus tard, il prendra
le nom de « Jeu de paume *des Métayers* »,
étant devenu la propriété de plusieurs membres de cette famille. C'est la désignation
qu'on retrouve dans des actes authenti-
ques des 17 et 20 décembre 1644.

Le 28 décembre 1643, les onze mêmes
associés, qui donnaient la procuration de
Rouen, rentrés à Paris, et poursuivant leurs
préparatifs d'installation, y passent, chez le
notaire Levasseur l'aîné (Étude de Me Durant aujourd'hui), un marché avec Léonard
Aubry, paveur des bâtiments du Roi, pour
faire et parfaire douze toises de long sur
trois toises de large de pavé, « au devant
du jeu de paume où ils vont jouer la comédie, sis aux faux-bourgs Saint-Germain,
proche la porte de Nesle », et pour « espla-
nader » les approches de ce jeu de paume,
« afin que les carrosses y puissent aller facilement. »

Au bas de cet acte, on retrouve toutes
les signatures de la procuration de Rouen,
à l'exception de celle de Joseph Béjart, bien

que son nom figure dans l'énumération des parties contractantes [1].

Un fait important à constater résulte encore de la procuration donnée à Rouen. M. E. Soulié a dit, en effet : « A la fin de la même année (1643), Jean-Baptiste Poquelin était au nombre des comédiens qui, « sous le titre de l'*Illustre Théâtre* », allaient sans doute paraître pour la première fois en public dans un jeu de paume situé près de la porte de Nesle et appelé, du nom des propriétaires *le Jeu de paume des Métayers* [2]. » A Paris, c'était peut-être « pour la première fois »; mais Molière et sa troupe avaient déjà fait l'essai de leur talent en province, et c'est à Rouen qu'ils débutèrent : Rouen, la ville de France la plus importante alors après Paris; Rouen, qui devait être aussi, quinze ans plus tard, la dernière étape de leurs longues courses en province, avant leur installation définitive à Paris.

Ce premier séjour à Rouen sert encore à

---

1. Voir les *Recherches sur Molière et sur sa Famille*, de M. E. Soulié, pages 185, 187, 174, 180, 182, 184, 173-174, 29.

2. Id., *ibid.*, p. 29.

expliquer un autre fait, qui paraît en avoir
été la conséquence. Six mois après l'ouver-
ture de l'Illustre Théâtre, à Paris, Molière
et quatre de ses camarades passèrent, le
28 juin 1644, un engagement avec Daniel
Mallet, danseur de Rouen, qui leur promet-
tait de servir la troupe, « tant en comédie
qu'en ballets tous les jours qu'ils la représenteront », et à les suivre partout où ils
iront « tant en visite qu'en campagne », le
tout moyennant trente-cinq sous par jour,
« jouant ou non », et cinq sous de plus les
jours « qu'il jouera à la dite comédie ».

Voici cet acte passé, à Paris, dans la
même étude que celui du 28 décembre 1643.

Fut présent Daniel Mallet, danseur [1], demeurant ordinairement à la ville de Rouen, étant de
présent à Paris, logé au faux-bourg de Saint Germain, lequel a promis et s'est obligé envers la
troupe des Comédiens de l'Illustre Théâtre, ce ac-
ceptant par Jean-Baptiste Poquelin, dit Molière,
Germain Clérin, Nicolas Desfontaines, Georges
Pinel et Madeleine Malingre, tous acteurs de la dite
troupe, de servir en icelle, tant en comédie que
ballets, tous les jours qu'ils la représenteront, à
commencer dès ce jourd'hui et continuer tant et

---

1. Fut-il engagé pour complaire à Son « Altesse
Royale » le duc d'Orléans, qui entretenait la troupe
et aimait beaucoup les Ballets?

si longuement que ledit théâtre sera ouvert, et les suivre partout où ils iront, tant en visite [1] que campagne, et les y servir au mieux qui lui sera possible, sans qu'il les puisse quitter en façon quelconque ni pour quelque cause et occasion que ce soit, le tout moyennant et à raison de trente-cinq sols tournois pour chacun jour jouant ou non, et les jours que l'on lui commandera de jouer et assister à la comédie, soit pour représenter ou jouer rôle, lui sera payé quarante sols, qui sera cinq sols de plus que lesdits trente-cinq sols, lequel prix lui sera payé tous les jours qu'il assistera et qu'il jouera à ladite comédie; et en cas que ledit Mallet fut recherché ou inquiété par le nommé Cardelin, lesdits comparants promettent le protéger, reconnoissant ledit Mallet qu'il est extrêmement obligé de servir ladite troupe, en considération des services et grandes assistances qu'il a reçus d'eux en ses extrémités et maladies, car ainsi promettant, obligeant, etc.

Fait et passé à Paris, ès études des notaires soussignés, l'an mil six cent quarante-quatre, le vingt-huitième jour de juin, après midi, et ont signé :

G. CLÉRIN.	DE MOLIÈRE.
N. DESFONTAINES.	
G. PINEL.	DANIEL MALLET.
MADELAINE MALINGRE.	
CHAPELLAIN.	LEVASSEUR [2].

---

1. « Aller en visite » voulait dire jouer dans les hôtels, les châteaux ou chez de riches particuliers. — Le Registre de La Grange parlera souvent des « visites » de la troupe chez les princes et grands seigneurs, après son établissement à Paris.

2. RECHERCHES SUR MOLIÈRE, etc., p. 38, et Do-

Il faut remarquer la promesse de protection contre Cardelin, quelque directeur de troupe, avec lequel Daniel Mallet pouvait avoir des démêlés à cause d'un engagement antérieur, et de plus les motifs de reconnaissance qui lui font une étroite obligation d'entrer dans la troupe de Molière.

Voilà donc un habitant, sinon un enfant de Rouen, que Molière et sa troupe s'attachèrent, pour l'avoir assisté « en ses extrémités et maladies », tant la générosité et la bonté d'âme étaient déjà le trait distinctif de leur chef, aussi excellent homme qu'il deviendra plus tard grand acteur et grand écrivain.

---

cuments, 175. M. E. Soulié donne cet avis au lecteur : « Quant à l'orthographe de ces documents, il m'a paru inutile de la conserver et d'ajouter ainsi à la difficulté de leur lecture ; je m'en suis tenu au système en usage aujourd'hui pour les textes antérieurs à la réforme introduite par Voltaire, en reproduisant seulement, telles qu'elles sont apposées au bas des actes, les signatures qui offrent souvent des différences utiles à connaître. » *Introduction,* p. 7.

II

(Voyez Avertissement, p. 7.)

PASSAGE D'UNE LETTRE DE M. TASCHEREAU SUR L'OUVRAGE DE M. SOLEIROL : *Molière et sa Troupe*. Paris, 1858, Renou et Maulde, grand in-8° de 132 pages avec portraits.

Paris, le 16 juin 1865.

Quant à tout ce que M. Soleirol a imprimé, Monsieur, je puis vous assurer que c'est une erreur constante. Les portraits, leurs noms au bas, la troupe de Molière comptant d'après ces documents dessinés quarante acteurs et plus en province, quand il n'en avait qu'une douzaine à Paris, la biographie qu'il en donne, tout cela a été le rêve d'un homme crédule, que les dessinateurs besoigneux mystifiaient et exploitaient en lui apportant des niaiseries qu'ils baptisaient selon son goût, et sur lesquelles ils écrivaient, d'une encre jaunie, des noms de fantaisie. Son volume est une accumulation d'hypothèses absurdes, d'assertions niaises, comme sa collection était un amas de portraits apocryphes.

Qu'il me suffise de vous dire, pour vous en donner une idée, que, peu de temps avant sa mort, M. Soleirol, déjà fort malade, ayant annoncé l'intention de léguer son cabinet à la Bibliothèque impériale, j'envoyai, pour le visiter, un iconographe d'un vrai savoir, M. Henri Delaborde, conservateur de notre département des estampes, dont vous avez dû lire d'excellents travaux dans la *Revue des*

Deux Mondes. Il recula effrayé de la pensée de faire entrer tous ces mensonges dans notre riche collection, et nous dûmes faire de l'habileté pour éviter ce compromettant bienfait [1].

Vous verrez, Monsieur, quand vous aurez approfondi cette question, comme vous savez le faire, qu'un dire de M. Soleirol n'est pas digne de la moindre créance. Il vous a fait mettre dans la troupe de Molière des acteurs qui n'y étaient pas; il vous a fait donner à Mlle Duparc le prénom d'*Anne*, qui n'était pas le sien; il vous a induit, en un mot, en tout autant d'erreurs que vous lui avez fait d'emprunts.

Aussi, profitant de l'avis, nous n'avons pas hésité à rejeter de cette nouvelle édition tous les faits, à l'exception d'un seul, où l'autorité de M. Soleirol avait été invoquée comme preuve à l'appui. C'est ainsi que le nombre des acteurs et des actrices de la troupe de Molière à Rouen a été ramené à son chiffre normal, et que nous n'avons plus parlé de la représentation d'une tragé-

---

1. Voir, sur cette question des Portraits, l'*Iconographie Moliéresque*, par M. Paul Lacroix, où se trouvent : 1° Etude sur les Portraits de Molière (p. XIII-XXXV); 2° Note sur la collection de Portraits formée par M. de Soleirol et vendue en 1861 (p. XXXVI-XXXIX). Cette note est de M. Mahérault, qui ne pense pas autrement que M. Taschereau sur la valeur de la collection des portraits faite par M. Soleirol.

die lyrique du nom de *Psyché*, ni de celle de l'*Amalasonte*, tragédie de Quinault.

Nous remarquerons que tous ceux qui se sont occupés d'une façon sérieuse de Molière partagent l'opinion de M. Taschereau, sinon d'une façon aussi absolue, du moins dans une certaine mesure. Il suffit de citer les principaux d'entre eux, MM. Jal, E. Soulié, Péricaud, Brouchoud, Henri Chardon, Ed. Thierry, Ed. Fournier, Campardon, Paul Lacroix, Louis Lacour, Jules Loiseleur, etc.

III

(Voyez ci-dessus, p. 28.)

SUR LA FAMILLE DES BRAQUES.

Les *Bracques*, ou *Braques*, ou *Braque*, étaient le nom d'une ancienne famille de Rouen. L'un de ses membres est cité dans l'Assise tenue à Rouen, par Jean Chopillart, lieutenant du bailli de Rouen, le 4 novembre 1421.

Comme sur la requeste faicte par le procureur general de la dicte ville que certaine maison et heritage assis en la paroisse de Sainct Etienne de la reue aux Tonneliers, appartenans a Messire

Jehan Bracque chevalier bornés d'un costé à l'heritage de maistre Symon du Val-Richer, d'autre costé à la rue du Vieil Pont qui va en Sayne, d'un boult, l'eau de Sayne et d'autre boult à la rue de Jeuant les Cordeliers lui fut adjugée.....

On confisqua sa maison, qui fut vendue « pour le non paiement de la somme de neuf vingts (180) livres tournois restans de la composition d'icelle ville à quoy il avoit esté assis. » M. CHÉRUEL. *Histoire de Rouen sous la domination anglaise au xve siècle. Pièces justificatives, p. 59. Archives municipales.*

Il s'agit de la rançon de la ville de Rouen, prise par Henri V, roi d'Angleterre, en Janvier 1419.

Farin en parle aussi. En relatant les sépultures de l'église de Saint-Étienne-des-Tonneliers, à Rouen, il dit :

« Gist noble homme *Pierre Braque,* escuyer sieur du Boisguillaume et Damoiselle Marie Lyon, sa femme, l'an 1496. » *Histoire de la ville de Rouen, 1668, t. II, p. 248.*

On disait, à Rouen, du nom de la famille qui en était propriétaire, « le Jeu de Paume des Braques », comme on disait, à Paris, pour le même motif, « le Jeu de Paume des Métayers ».

IV

(Voyez ci-dessus, p. 37.)

SUR L'ANDROMÈDE DE CORNEILLE REPRÉSENTÉE A LYON PAR MOLIÈRE.

ANDROMÈDE, TRAGÉDIE. Représentée avec les machines sur le théâtre royal de Bourbon. — *A Rouen, chez Laurens Maurry, près le Palais, avec privilège du Roy, M.DC.LI, et se vend à Paris, chez Charles de Sercy, au Palais...* In-4° de 5 feuillets et 132 p. avec un frontispice de Chauveau 1.

Voici les quelques passages de la note mise par M. Paul Lacroix, à la suite de l'exemplaire de M. de Soleinne, qui provenait de la Bibliothèque de M. Pont-de-Vesle.

Les noms de ces acteurs sont écrits à la plume vis-à-vis des noms des personnages, et il est impossible de ne pas reconnaître l'écriture de Molière, qui joua le rôle de Persée dans cette tragédie représentée en province par les acteurs de sa troupe ambulante...

Ce fut vers 1653 que Molière, chef d'une bonne

---

1. Nous donnons le titre plus exact et plus complet qu'il n'est dans le *Catalogue de la bibliothèque de M. de Soleinne.*

troupe de comédiens avec laquelle il exploitait la province, alla se fixer à Lyon où son théâtre fut très suivi et très goûté, grâce surtout à sa comédie de l'*Étourdi* qu'il fit représenter alors pour la première fois. Son succès comme auteur et comme acteur fut tel que deux troupes rivales qui jouaient alors en même temps que lui, se désorganisèrent, et les principaux comédiens de ces deux troupes se réunirent à la sienne qui, par cet accroissement, devint une des meilleures de France, et promena de ville en ville son répertoire tragique et comique jusqu'en 1658, où Molière la conduisit à Paris.

L'autographe appartient probablement à l'année 1653, pendant laquelle la Troupe de Molière était à Lyon.

Les noms des acteurs, écrits de la main de Molière, en regard des personnages de la tragédie, et imprimés ci-dessous exactement, en italiques, prouveront d'ailleurs nos assertions.

DIEUX DANS LES MACHINES.

Du Parc.	Jupiter.
M. Béiart.	Junon.
De Brie.	Neptune.
L'Éguisé	Mercure.
Béiart.	Le Soleil.
M. de Brie.	Vénus.
M. Hervé.	Melpomène.
Vauselle.	Éole.
M. de Brie.	Cymodoce.
M. Menou 1.	Éphyre.
M. Magdelon.	Cydippe.
Valets.	Huit Vents.

---

1. M. Marty-Laveaux a mis avec raison *Menou* (Œuvres de P. Corneille, t. V, p. 255), en résumant cette distribution de rôles.

HOMMES.

Du Fresne.	Cephée.
M. Vauzelle.	Cassiope.
M. Belart.	Andromède.
Molière. (Ce mot est raturé.)	Phinée. Chasteauneuf.
Chasteauneuf. (Raturé.)	Persée. MOLIÈRE.
Belart.	Timante.
De Vauselle.	Ammon.
M. de Brie.	Aglante.
M. Hervé.	Cephalie.
M. Magdelon.	Liriope.
L'Éguisé.	Un page de Phinée.
L'Estang.	Chœur de peuple.
M. Hervé.	Phorbas.

Cet autographe nous fait connaître plusieurs acteurs de la troupe de Molière qui n'avaient jamais été cités : *L'Éguisé, Vauselle, Du Fresne, Chasteauneuf, Hervé, L'Estang,* et Mlle *de Vauselle, Menou* [1] *et Magdelon.*

Il est fort aisé de préciser la date de cet autographe. De Brie et sa femme y figurent ; ils faisaient l'un et l'autre partie d'une des troupes qui jouaient à Lyon en même temps que Molière, et ils furent sans doute les premiers à se joindre à lui. On ne voit pas, en effet, paraître encore avec eux Ragueneau et sa fille Mariotte, Duparc, dit Gros-René, et sa femme, Mme Duparc, qui entrèrent dans la troupe de Molière vers le même temps et qui allèrent en 1654 parcourir avec elle le Comtat d'Avignon, la Provence, le Languedoc et la Guienne.

Bibliothèque dramatique de M. de Soleinne. Catalogue rédigé par P. L. Jacob, bibliophile, t. I, p. 251-251.

---

1. M. J. Loiseleur pense que ce nom cache celui d'Armande Béjart, alors âgée de dix ans, la future

V

(Voyez ci-dessus, p. 41.)

VERSEMENTS FAITS PAR LES COMÉDIENS POUR LES PAUVRES DE L'HÔTEL-DIEU DE ROUEN.

M. de Beaurepaire, archiviste du département de la Seine-Inférieure, a bien voulu, avec sa complaisance habituelle, relever et nous adresser les passages de ce Registre concernant le droit des Pauvres pour les années 1658 et 1659. Nous les publions, tels qu'il nous les a transmis, parce qu'ils nous donnent un renseignement qui avait échappé à M. E. Soulié, et des détails sur les comédiens qui jouèrent, à Rouen, immédiatement après le départ de Molière.

Du Vendredy 20 Juin 1658.

Plus receu le dit comptable par les mains dudit sieur Le Marchand la somme de soixante-dix-sept liures quatre sols et six deniers que ledit sieur a dit estre prouenu d'une comedie representée par les comediens de Son Altesse en faueur et benefice des pauures dudit hostel Dieu, cy. L. 77. 4. 6.

épouse du poète. *Les Points obscurs de la vie de Molière*, p. 157. (Voir plus haut, p. 25.)

21 d'Aoust 1658.

Faire entendre a MM. que le 14ᵉ du present mois et an que le receueur a receu la somme de quarante-quatre liures quinze sols qu'il a dit estre prouenu du don fait par les comediens en faueur des pauures de l'hostel Dieu a la representation d'une comedie, cy tous frais faits. . . . . L. 44. 15 [1]

Du 14 Feburier 1659.

Plus 13ᵉ jour dudit present mois et an receu du produit de la comedie que les comediens estant de present en ceste ville au jeu de paulme des Braques ont jouée en faueur dudit hostel Dieu la somme de trente-huit liures les menus frais payez.

Du vendredy 21ᵉ jour de Feburier 1659.

Le Receueur en charge fait connoitre que du lundy 16ᵉ [2] jour du present mois et an il auroit receu la somme de vingt-six prouenue de la comedie que les comediens estant de present en cette ville au jeu de paulme des Deux Mores ont jouée en faueur et bénéfice des pauures de l'hostel Dieu.

Vendredy 5ᵉ jour de Septembre audit an.

Le lundy premier jour de septembre audit an 1659 il m'est resté de bon de la commedie que le sieur de la Rocque et ceux de sa trouppe a jouée et donnée aux pauures de cet hostel Dieu la somme de deux cent soixante et une liures tous frais et

---

1. C'est le passage relatif à une seconde repré-sentation de la troupe de Molière à Rouen, qui avait échappé aux recherches de M. E. Soulié.

2. Il faut le 17, le 21 tombant bien un vendredi, en 1659.

gratification d'une douzaine de boettes de confitures
faicts cy.. . . . . 261 l.

REGISTRE DES DÉLIBÉRATIONS DE L'HOTEL-DIEU
DE ROUEN, N° XVI, 1656-1659. (ARCHIVES
DES HOSPICES DE ROUEN, *fonds de l'Hôtel-
Dieu.*)

D'autres registres font mention de recettes
antérieures et postérieures, de 1650 à 1668.
M. de Beaurepaire les a publiées dans le
Nouvelliste de Rouen, avant l'année 1859,
non sans regretter d'avoir vu son texte assez
maltraité par l'impression.

Ces mêmes documents ont pris place dans
l'*Histoire des Théâtres de Rouen* par M. J.
L. B. (Bouteiller), 1860; M. Gosselin les a
résumés dans ses *Simples notes sur les anciens
Théâtres de Rouen du XVI⁰ au XVIII⁰
siècle, 1863 ;* enfin, M. E. Soulié les a rap-
pelés, pour les années 1657, 1658 et 1659,
dans son Rapport, publié par les *Archives
des Missions scientifiques et littéraires,* 1865,
p. 485, comme nous avons eu l'occasion de
le dire.

VI

(Voyez ci-dessus, p. 52.)

SUR UN EXEMPLAIRE DE *L'IMITATION DE JÉSUS-CHRIST* PORTANT LA SIGNATURE DE MOLIÈRE.

Nous avons reçu de M. A. Claudin, notre zélé éditeur, pendant la préparation de ce travail, une lettre qui se rapporte à notre sujet et nous semble de nature à piquer la curiosité du lecteur. Nous lui demandons la permission de la publier presque en entier.

Les noms de Corneille, Molière et les Andelys, me rappellent une anecdote curieuse qui m'est personnelle.

Il y a douze ou quinze ans, lorsque j'explorais activement le fond de la province pour y découvrir des livres rares ou curieux, je passais par les Andelys, et j'allais voir M. Mesteil, avocat et bibliophile distingué.

Il me fit voir sa nombreuse bibliothèque qui occupait tout l'étage supérieur de sa maison, et ne me dissimula pas qu'il me céderait quelques volumes d'intérêt général, si je lui en offrais de bons prix. « Il ne voulait plus conserver, disait-il, que des livres d'affection et sa collection normande. »

Je fis un choix, et nous tombâmes facilement d'accord.

Parmi les livres que j'avais choisis, se trouvait

une édition originale de Boileau, reliée en maroquin rouge, avec un *envoi autographe de Boileau*. C'était un envoi en dix ou douze vers inédits de l'illustre satirique, et cet exemplaire était adressé par Boileau à *Guilleragues*[1], alors ambassadeur de France à Constantinople.

Comme, après le marché conclu, je ne cessais d'admirer cette page autographe de Boileau, M. Mesteil me dit tout à coup : « Si vous recherchez les autographes, j'ai à vous céder encore une *Imitation de Corneille*, avec la signature de Molière. Corneille avait sa maison ici, aux Andelys[2], et c'est un exemplaire qu'il lui a donné. »

Vite je lui demandai à voir le précieux volume ; il me répondit qu'il l'avait donné à son relieur, « parce que la reliure ne tenait plus », disait-il. Nous allâmes incontinent chez le relieur, et là je constatai, avec une émotion indignée, que le relieur avait fait disparaître la signature de Molière, qui se trouvait sur les feuillets de garde, et

---

1. La cinquième Épître de Boileau sur la connaissance de soi-même (1674), est dédiée à M. de Guilleragues. F. B.

2. Cela veut dire que la famille Corneille, par héritage, posséda une maison aux Andelys, PLACE DU MARCHÉ. Au levant se trouve un édifice connu sous le nom de maison Corneille, et formant le nouvel hôtel de ville. Mathieu Lampérière l'avait acquise, le 28 septembre 1622 ; et, le 11 octobre 1685, ses deux filles, Marie et Marguerite, la première, veuve de Pierre Corneille, la seconde, femme de Thomas Corneille, partagèrent les biens de la succession de leurs père et mère, restés jusqu'alors indivis. (Voir l'*Histoire de la ville des Andelys*, par M. Brossard de Ruville, t. II, p. 117, 118.) F. B.

avait remplacé l'ancien papier par une feuille
blanche comme neige, de papier mécanique.

Je fis chercher partout, dans le porte-presse,
dans les balayures et chiffons de papiers, le bien-
heureux ou plutôt malheureux feuillet. Il avait
disparu à jamais; un relieur ignare, trouvant l'ancien papier trop jaune et trop enfumé, l'avait remplacé par un papier neuf blanchi par les acides.

Tout autre que M. Mesteil m'eût affirmé que la
signature de Molière avait existé sur ce volume,
j'en eusse douté! Le fait, pour moi, était avéré,
mais méritait une confirmation que je ne tardai
pas à recevoir.

En feuilletant *le Quérard*, ARCHIVES D'HISTOIRE
LITTÉRAIRE (journal fondé par Quérard, qui n'eut
que quelques numéros), je trouvai, à l'année 1855,
je crois, parmi les FAITS DIVERS, *l'offre de deux
volumes à vendre aux Andelys*; le Boileau que je
venais d'acquérir, et *l'Imitation de Corneille* avec
sa description et la signature de MOLIÈRE indiquée. Ce n'était pas M. Mesteil qui les avait à
vendre alors. Le possesseur d'alors était, si je ne
me trompe, un ancien commissaire de police. Bref,
il ne se présenta point d'acheteurs du dehors, et
M. Mesteil les acheta pour le prix qu'il voulut.

A quelque temps de là, je fis voir à M. Raymond Bordeaux, avocat à Evreux, le fameux
exemplaire de Boileau, que je venais d'acquérir,
et que je cédai depuis à M. Ambroise-Firmin Didot. M. Raymond Bordeaux me dit immédiatement
avoir connaissance de cet exemplaire, et, quelques jours après, revenant à Paris, il m'exhiba un
numéro du *Courrier de l'Eure*, de 1855, où,
parmi les FAITS DIVERS, se trouvait encore l'offre
de *mise en vente* du *Boileau* en question, et de
l'*Imitation* avec la signature de MOLIÈRE.

Ces témoignages me firent considérer l'exemplaire de l'*Imitation* comme une véritable relique.

Bien que dépourvu de tout caractère d'authenticité, j'étais sûr, tout au moins, de sa transmission jusqu'à moi.

Je le compris donc dans un nouveau marché que je fis avec M. Mesteil, aux Andelys, et le gardai précieusement, ne voulant m'en dessaisir qu'au profit d'un admirateur de Molière ou de Corneille, *qui eût la foi*, comme je l'avais, à défaut d'autre preuve.

Je l'ai cédé à un amateur rouennais, et il est en dignes mains. C'est M. Lormier, avocat, rue de Socrate, en votre ville, qui possède ce volume, et se fera un véritable plaisir de vous le communiquer, si vous le désirez...

> *Paris, 15 juin 1877.*
>
> A. CLAUDIN.

Après les affirmations ci-dessus, il paraît bien probable que cet exemplaire a dû appartenir à Molière, puisqu'il portait sa signature [1].

---

1. Cette note, était composée à l'imprimerie lorsque nous eûmes l'idée de vérifier la source de notre information. Grâce à l'obligeance de M. A. Voisin, employé dans notre maison à l'époque même de cette découverte, nous avons pu, sur son indication, retrouver l'endroit précis du recueil où le fait était relaté. C'est à la page 208 du *Quérard, Archives d'histoire littéraire,* que l'on doit se reporter. On trouvera quelques différences de détail avec le récit de notre lettre, mais le fond reste toujours le même. Comme nous citions de mémoire, nous avions confondu les vers de Mo-

L'absence d'un envoi, d'un *ex-dono* quelconque, peut faire supposer que Corneille
a remis ce volume à Molière à Rouen, en
1658, de la main à la main, pendant que ces
deux grands génies s'y trouvaient réunis.

Si Corneille eût adressé cet exemplaire à
Molière, il y aurait joint un envoi, comme
il fit, en offrant le même ouvrage, même
édition, à l'un des religieux de Rouen, dom

---

lière avec la prose de Boileau, et, loin d'exagérer
l'importance de l'exemplaire de *l'Imitation*, nous
étions resté au-dessous de la vérité. L'exemplaire
de Boileau, envoyé par l'illustre satirique à Guilleragues, ambassadeur de France à Constantinople,
contenait *trente lignes autographes*, en prose et
non en vers, comme nous le disions dans notre
lettre précitée. Par contre, dans l'exemplaire de
l'Imitation, Molière ne s'était pas borné à une
simple signature; il avait écrit *deux vers* de sa
propre main, sur la garde. Voici, du reste, pour
plus d'authenticité, un extrait de l'article du *Quérard*, lequel a emprunté lui-même son article au
Journal des Débats, qui a dû le copier dans le
Courrier de l'Eure :

« IMITATION DE J.-C. — Un ancien commissaire
de police des Andelys, qui vient de mourir, était,
au dire du *Courrier de l'Eure*, possesseur d'un
précieux exemplaire de *l'Imitation de Jésus-Christ*,
que Molière avait possédé jadis et marqué de deux
vers et de sa signature. C'est un exemplaire de
l'Imitation, traduite et paraphrasée en vers français par Pierre Corneille, petit in-4° imprimé à
Paris, chez André Soubron, en 1656. Il a appartenu

Augustin Vincent, chartreux, son ami également. Au dos du frontispice gravé, Corneille a écrit cet envoi :

Pour le R. P. Don[1]
   Augustin Vincent,
      Chartreux,

         Son très humble
         serviteur et ancien
         amy, CORNEILLE.

à Mlle Favard, et a été apporté par elle au couvent
des Ursulines du Grand-Andelys, quand elle y a
été enfermée, en 1749, par ordre du maréchal de
Saxe; il y est resté au moment de son départ très
précipité..... Les héritiers du défunt amateur pos-
sèdent aussi un exemplaire in-12 des *Œuvres de
Boileau*, imprimé en 1685 chez Denis Thierry, à
Paris. Cet exemplaire, relié selon la mode du
temps, en maroquin rouge, avec filets et tranches
dorés, porte au premier feuillet de la garde une
lettre autographe de Despréaux, contenant envoi
du livre à Mgr de Guilleragues, ambassadeur de
S. M. à Constantinople. La lettre a trente lignes
et n'est pas connue. « *Journal des Débats*, 15 avril.)
   Le numéro 19 de la *Revue des autographes*,
année 1868, dirigée par Gabr. Charavay, signale
dans ses *faits divers*, page 12, la déconvenue de
M. Mesteil et la perte de cet autographe précieux
par suite de la négligence impardonnable de son
relieur. A. C.
   1. Ce *Don* espagnol est substitué au *Dom* quali-
ficatif de certains ordres religieux. La double orthographe devait être admise alors.

Cet envoi fait à Rouen et postérieur à l'Achevé d'imprimer du 11 mars 1656, est tracé d'une main ferme et légère, dans cette forme d'écriture allongée si ordinaire au XVIIe siècle. A nos yeux, l'écriture de Corneille a ici une singulière similitude avec celle de la signature de Molière dans la procuration du 5 novembre 1643. On pourra s'en convaincre en consultant l'original donné à la Bibliothèque publique de la ville de Rouen, par la libéralité de M. Henry Barbet, en 1851, son maire à cette époque, ou le fac-simile publié par la *Revue de Rouen*, la même année, avec une petite notice qui paraît être de M. Ch. Richard, le gérant responsable de la Revue. (Second semestre, p. 183-184.)

Ce volume n'a point non plus sa reliure primitive; mais les feuilles de garde, d'un jaune gris, et piquées, sont du temps. On y a joint une petite note, sur un morceau de papier détaché, qui prouve que Corneille était dans l'habitude d'accompagner ses dons d'un envoi. « Un exemplaire du même ouvrage, même édition, avec un envoi de la main de P. Corneille, a été vendu, à la vente des livres de M. Ch. Giraud, en 1855,

66 fr. Il a été acquis par M. Dubois. »

Un peu plus tard, Corneille fera de même, en offrant aux Pères Jésuites, ses anciens maîtres, l'édition de son Théâtre de 1664. C'est un in-folio en deux parties, reliure du temps, en veau, et qui se trouve, à la Sorbonne, dans la Bibliothèque de l'Université.

Sur le revers du titre, Corneille a tracé, de sa grande et nette écriture, cet envoi :

Patribus Societatis Jesu
Colendissimis Præceptoribus suis,
Grati animi pignus
D. D. PETRUS CORNEILLE.

Dii malorum umbris tenuem et sine pondere
    [terram
Qui præceptorem sancti voluere parentis
Esse loco[1].

Il n'y a pas de parafe, et l'exemplaire vient du Prytanée français, c'est-à-dire du lycée Louis-le-Grand, qui avait hérité de la bibliothèque aussi bien que des bâtiments du fameux collège que les Jésuites possé-

---

1. Ces vers, dont l'application est si flatteuse pour ses maîtres, sont empruntés à la VIIe satire de Juvénal, 207, 209 et 210.

daient à Paris, dans la rue Saint-Jacques.
Mais fut-il offert aux Jésuites de Paris ou à
ceux de Rouen, où Corneille fit ses études?

S'il n'y a pas d'envoi ni d'*ex-dono* de
Corneille sur l'exemplaire de l'*Imitation de
Jésus-Christ*, que la tradition place entre
les mains de Molière, c'est que son ami le
lui aura remis directement, et que Molière
se sera borné à en constater la propriété
par la simple apposition de son nom, comme
cela a eu lieu pour d'autres exemplaires du
même ouvrage, remis de la même manière.

L'inventaire fait à Paris, après le décès de
Molière, n'offre aucun renseignement sur
cet exemplaire. On y voit seulement que,
dans une bibliothèque désignée comme « une
armoire de bois d'Allemagne à deux gui-
chets, garnie de fer, de cuivre et de tablettes
par devant », parmi les « quatorze volumes
in-folio reliés en veau » qu'elle contient, il
y en avait « deux du sieur Corneille ». C'é-
tait un exemplaire de l'édition de 1664 de
son Théâtre, pareil à celui qu'il avait envoyé
à ses anciens maitres, les Jésuites.

Il faut regretter que le notaire Levasseur,
qui a fait l'inventaire, se soit borné à la
simple mention « de neuf autres volumes

in-quarto r, d'une part, « dix-huit volumes
in-quarto », d'autre part, et enfin « douze
autres volumes aussi in-quarto ». Peut-être
qu'une désignation du titre de ces ouvrages
aurait mis sur la trace de l'*Imitation de
Jésus-Christ*, même format, portant la signature de Molière, et retrouvée par M. Claudin aux Andelys.

VII

(Voyez ci-dessus, p. 41.)

PIÈCES DE PROCÉDURE CONTRE LES COMÉDIENS
A L'OCCASION DU DROIT DES PAUVRES.

En 1865, M. E. Soulié fut chargé, par le
Ministère de l'Instruction publique, de
poursuivre dans les départements les recherches sur Molière, qu'il avait si heureu-
sement commencées à Paris. Une fois la
tâche accomplie, les *Archives des Missions
scientifiques et littéraires*, 2e série, tome Ier,
1865, donnèrent le rapport, dont il n'a point
été fait de tirage à part. Mais l'auteur voulut
bien transcrire et nous envoyer le passage
relatif à Rouen. (Pages 482-485.) Frappé de

son importance pour l'histoire du Théâtre dans notre ville, l'idée nous vint de le publier, et, le 2 mai 1865, M. E. Soulié nous en accordait l'autorisation en ces termes, en y joignant de nouveaux documents :

« Je serai très satisfait de voir insérer dans la *Revue de la Normandie* la partie de mon rapport relative à Rouen, et, pour compléter cette publication locale, vous pourriez ajouter en note le texte même des papiers ou registres dont je parle. J'avais d'abord pensé à les transcrire dans mon rapport, puis il m'a semblé que ces documents étant antérieurs au séjour de Molière à Rouen, ils l'allongeraient inutilement. Dans le cas où la rédaction de la *Revue* serait disposée à accepter votre proposition, je joins ici la copie des textes, dont je parle dans mon rapport, avec les passages auxquels ils se rapportent. Si vous ne les imprimez, faites-en l'usage que bon vous semblera ; ils ont d'ailleurs été déjà analysés ou publiés par M. de Beaurepaire ; mais je n'ai jamais pu me procurer le numéro du *Nouvelliste de Rouen* dans lequel ils avaient été signalés pour la première fois. »

La *Revue de la Normandie* s'empressa de

publier cette partie du rapport avec les documents à l'appui. (Année 1865, pages 301-311.)

Nous reproduisons ici les passages du rapport qui ont trait au Droit des Pauvres, avec les pièces justificatives, sous la forme où M. Eudore Soulié nous les avait adressés. Il est vrai que « ces documents sont antérieurs au séjour de Molière à Rouen ». Mais ce scrupule ne saurait nous arrêter, puisqu'ils constatent des usages locaux auxquels Molière fut soumis six ou sept ans plus tard.

« La plus ancienne de ces pièces est une requête des administrateurs de l'Hôtel-Dieu au Parlement de Rouen, datée du 4 juillet 1651, dans laquelle ne sont mentionnés ni les noms des acteurs, ni le local où ils donnaient *leurs jeux publics et pièces comiques.* Quatre pièces relatives à l'année 1652 font connaître les noms de deux comédiens, Laurent Conseil, sieur d'Argil[1], et La Roc-

----

1. C'est *Argueil* qu'il faut lire, suivant M. Gosselin. — Argueil est un bourg de l'arrondissement de Neufchâtel, chef-lieu de canton, Seine-Inférieure. M. de Beaurepaire a lu : *Argiel.*

que, ainsi que l'emplacement de leur salle, le jeu de Paume des Deux Mores, sis au bas de la rue Herbière. »

Voici le texte de la Requête et des quatre pièces annoncées ci-dessus, et que M. Eudore Soulié avait trouvées parmi quelques papiers ayant pour titre : *Pièces concernant le droit des pauvres contre les Comédiens qui viennent jouer en cette ville*, série A, n° 11. (*Archives des Hospices de Rouen, fonds de l'Hôtel-Dieu.*)

A NOS SEIGNEURS DE PARLEMENT,

Supplient humblement les Gouverneurs et Administrateurs de l'Hostel Dieu de la Magdeleine de Rouen;

Disants que sur les pressantes necessitez de l'Hostel Dieu, et difficiles moyens pour y subuenir, la Cour auroit acoustumé, permettant aux Comediens leurs jeux publics et pièces comiques, d'ordonner que pendant chacun mois qu'il (*sic*) seroient en la prouince de Normandie, ils seroient tenus de prendre un jour qu'ils destineroient au profit de l'Hostel Dieu, et que l'argent qui en prouiendroit seroit au bénéfice dudit lieu, ce qu'ils n'ont pas ce neantmoins executé;

Et d'autant que les necessitez de l'Hostel Dieu ne sont moindres qu'ès années dernieres pendant lesquelles ces aumosnes ont esté pratiquées;

Il plaise à la Cour ordonner que les Comediens estant de present en ceste ville, seront tenus de prendre un jour destiné à leur comedie, dont l'argent qui prouiendra pour l'entrée des personnes, sera distribué au recepueur de l'Hostel Dieu, et vous ferez justice.

MARC.

Ordonné que les Commediens prendront le jour qui leur sera désigné par led. recepueur de l'Hostel Dieu. Faict à Rouen... le sixiesme juillet mil six cent cinquante un.

———————

Quatre pièces relatives à l'année 1652 font connaître les noms de deux comédiens, *Laurent Conseil*, sieur d'Argil, et La Rocque, ainsi que l'emplacement de leur salle, le jeu de paume des *Deux Mores*, sis au bas de la rue Herbière.

I

A NOS SEIGNEURS DE PARLEMENT

Suplient humblement les Gouverneurs et Administrateurs de l'Hostel Dieu de la Madeleine de Rouen;

Disant que sur les pressantes necessitez de l'Hostel Dieu et difficiles moyens pour y subuenir, la Cour auroit acoustumé permettant aux Commediens leurs jeus publics et pièces comiques d'ordonner que pendant le tems de leur seiour en cette ville, que lesd. Commediens seroient tenus

de prendre un jour qu'ils destineroient au proffit
de l'Hostel Dieu, et que l'argent qui en prouiendroit seroit au benefice dud. lieu, ce qu'ils n'ont
pas ce neanmoins executé pour l'année presente;
d'autant que lesd. suppliantz ont appris qu'il y a
des relligieuses nouuellement venues en cette ville[1],
lesquelles veullant s'atribuer le droit qui de tout
temps est destiné pour les necessitez dud. Hostel
Dieu, lesquelles ne sont pas moindres qu'és années dernieres pendant lesquelles ces aumosnes
ont été pratiquées;

Ce considéré il vous plaise que lesd. Commediens estant de present en cette ville, seront tenuz
de prendre jour destiné à leur commedie dont
l'argent qui prouiendra pour l'entrée des personnes, sera distribué au receueur dud. Hostel
Dieu, pour estre employé aux necessitez d'icelluy
au preiudice desd. relligieuses se pretendantz atribuer led. droit et vous ferez justice.

PEPIN? pour MARC.

*Ordonné que les Commediens prendront le jour
qui leur sera (designé) par le receueur, par
l'ordre des administrateurs de l'Hostel Dieu.
Faict à Rouen, le xxix* jour de juillet m vi*c lii.*

DUMONCEL.

---

1. Les Filles hospitalières de Saint-Joseph, près
de l'église Saint-Nicaise, établies l'an 1654, « par
Lettres patentes du Roi, registrées avec les mêmes
privilèges et attributions de droits que les Hôpi-
taux des principales villes du Royaume. » FARIN,
Histoire de la ville de Rouen, éd. de 1731, VIe partie, p. 137. — F. B.

II

Charles Vincent, sergent vendeur? [1] en la haulte justice de l'Hostel Dieu de la Magdeleine de Rouen, certifie que cejourd'hui, deuxieme jour d'aoust mil six cent cinquante deux, à la requeste de Messieurs les Gouverneurs et Administrateurs dud. Hostel Dieu, et en vertu de certaine ordonnance estant au bas de certaine requeste présentée à la Cour par lesd. sieurs Administrateurs, en datte du vingt neuf jour de juillet dernier, et plus bas... *Dumonchel;* j'ay le contenu en lad. requeste bien et deuement monstrée et faict sauoir à noble homme Laurens Conseil sieur d'Argil, Commedien estant de present à Rouen et parlant à sa personne enuiron midi, à ce qu'il n'en pretende cause d'ignorance et à ce qu'il aye à satisfaire au desir de lad. ordonnance et qu'il n'aie à y contreuenir, de laquelle je luy ay baillé coppie, etc.

VINCENT.

---

1. M. Soulié avait bien lu. Il n'aurait pas mis ce point d'interrogation, s'il s'était rappelé le passage de l'un des documents publiés par lui, dans l'inventaire fait après le décès de Madeleine Béjart. « Lesdits biens, en ce qui est des meubles, ont été prisés et estimés par Etienne Chantereau, huissier sergent à verge, au Châtelet de Paris, juré priseur, *vendeur* de biens en la ville, prévoté et vicomté dudit lieu... » (*Recherches sur Molière,* p. 249.)

III

Le dixiesme jour d'aoust mil six cent cinquante deux, à la requeste de Messieurs les Gouuerneurs et Administrateurs de l'Hostel Dieu de la Magdeleine de Rouen [et de] M. Jacques Chappelle, commis pour les affaires dud. Hostel Dieu, et en vertu de certaine ordonnance estant au bas d'une requeste à ceste fin présentée à la Cour de Parlement de Rouen, le vingtneufiesme jour de juillet dernier, signée... et Dumoncel, j'ai sommé noble homme Laurens, Conseil sieur d'Argil, commedien estant de present à Rouen et parlant à sa personne, viron (sic) midy, estant au Jeu de Paulme des Deux Mores, au bas de la rue Herbière, de paier, compter ausd. sieurs Administrateurs, ou à M. Pierre Maille, receueur general dud. Hostel Dieu les deniers qu'ilz ont receuz ou faict receuoir le jour d'hier pour l'entrée des personnes qui seroient venues pour veoir la commedie, attendu que ce qui est prouenu de lad. entrée a esté destiné pour les pauures dud. Hostel Dieu, ainsy qu'ilz ont faict sauoir par les affiches par eux faict mettre aux carfours de ceste d⁰ Ville, et par son reffus de ce faire, je luy ay faict assignation parlant comme dessus, à comparoir mardy prochain de matin, en la maison du bureau dud. Hostel Dieu, present M. le Bailly de la haulte justice dud. lieu ou son lieutenant pour s'y veoir condampner et faire ce que dessus, etc.

VINCENT.

IV

Le onziesme aoust 1653, receu des Comédiens estant aux Deux Mores par les mains du S^r la Rocque, la somme de 91 l. 17 s. qu'ils ont aumonés à l'hospital.

Cette dernière pièce est extraite du *Registre des Délibérations de l'Hôtel-Dieu de Rouen, n° XIV, 1650 à 1653, f° 167.* C'est sur ces registres qu'étaient portées les sommes versées par les Comédiens pour acquitter le Droit des Pauvres.

EXPLICATION DES ESTAMPES

PREMIÈRE ESTAMPE

(Frontispice.)

L E frontispice représente l'arrivée d'une partie de la troupe de Molière à Rouen. La scène se passe dans la cour de l'hôtel de la rue du Bec, où descendaient, au commencement du XVIIIᵉ siècle, les « Carosses et Messagerie de Paris, de Caen, et autres lieux » (*le Flambeau astronomique* de 1723, p. 78), comme les voitures publiques n'ont cessé de le faire jusqu'à nos jours. Le groupe de gauche se compose de Molière, de Madeleine Béjart et de sa sœur, la jeune Armande-Claire-Élisabeth Béjart, âgée seulement de quinze ans, la future femme de Molière, quelques années plus tard. Descendus du carrosse qui les avait amenés, ils surveillent le déchargement de leurs bagages et d'une partie du matériel de la troupe, que deux garçons de l'hôtel opèrent, en jetant un regard de curiosité sur les comédiens voyageurs. Au dernier plan, on voit les deux tours du portail et la flèche de la cathédrale, telles qu'on les aperçoit effectivement, quand on se place dans la cour des Messageries nationales, situées encore aujourd'hui au n° 10 de la même rue du Bec.

DEUXIÈME ESTAMPE

(Page 19.)

Elle reproduit une scène du *Menteur*, de Corneille, joué à Rouen dans le Jeu de Paume des Braques, situé au bas de la rue du Vieux-Palais. L'actrice debout, à gauche, est Mlle de Brie, dans le rôle de Lucrèce; l'autre actrice est Mlle Du Parc, représentant Clarice; l'acteur, le chapeau à la main, est Molière remplissant le rôle de Dorante, près

duquel se tient René Berthelot, dit Du Parc
ou Gros-René, dans le rôle du valet Cliton.
L'artiste a mis sous nos yeux le début de la
scène II du premier acte.

CLARICE, *faisant un faux pas, et comme se
laissant choir.*

Ay !

DORANTE, *lui donnant la main.*

Ce malheur me rend un favorable office,
Puisqu'il me donne lieu de ce petit service ;
Et c'est pour moi, madame, un bonheur souverain,
Que cette occasion de vous donner la main.

On aperçoit, sur le bord de la scène, les
chandelles destinées à éclairer les acteurs
et le public. Les derniers plans offrent le
parterre et les loges, tels qu'on peut les supposer d'après la description qui nous reste
du Jeu de Paume des Braques.

TROISIÈME ESTAMPE

(Page 60.)

Dans une pièce de sa maison, située rue
de la Pie, à Rouen, Pierre Corneille reçoit
Molière, avec quelques personnes de sa

troupe. A gauche, on voit un groupe composé de Du Parc, Madeleine Béjart et Thomas Corneille. L'autre groupe représente, autour d'une table portant un jeu d'échecs, Pierre Corneille debout, Mlle Du Parc assise en face de lui, et Molière s'appuyant sur le dossier du fauteuil de cette actrice. Elle vient de gagner la partie dont l'enjeu était un sonnet, et semble dire à son partenaire : « Vous êtes battu! » Mais celui-ci est loin de ressembler au joueur dont parle Delille, dans *l'Homme des champs,* en face de son vainqueur :

L'autre reste altéré dans sa douleur muette,
Et du terrible mat à regret convaincu,
Regarde encor longtemps le coup qui l'a vaincu.
(Chant I.)

Corneille, qui a levé le siège, reconnaît avec bonne grâce la victoire de la Du Parc, et, la main sur son cœur, il a l'air de lui répondre quelques-uns des mots qui prendront place dans le sonnet « brouillé le lendemain », pour acquitter sa dette de jeu :

Je chéris ma défaite, et mon destin m'est doux.
. . . .
Et le cœur ne soupire, en des pertes pareilles,
Que pour baiser la main qui fait de si grands coups.

Par leur attitude et par leurs gestes, les quatre autres personnages, que l'issue de la partie intéressait vivement, paraissent aussi lui dire : « Vous avez perdu le sonnet! »

Ces trois compositions de M. J. Adeline rendent avec beaucoup de fidélité et de finesse, tant pour les personnages que pour les lieux qui sont supposés en être le théâtre, les scènes dont le sujet est emprunté au texte de l'ouvrage.

FAC-SIMILE

Des signatures apposées à Rouen, en 1643, sur un acte authentique,
Par les membres de la troupe de l'Illustre Théâtre.

(Page 90.)

L'original de cet acte se trouve dans les Registres du tabellionnage de Rouen, et les signatures ont déjà été reproduites en *fac-simile* par M. E. Gosselin, telles qu'elles ont été données devant le notaire de Rouen.

Q

INDEX

DES

NOMS PROPRES DE LIEUX

ET DE PERSONNES

R

OBSERVATIONS

AR suite d'un accident survenu pendant le tirage, deux lettres se sont déplacées dans un mot de la page 93. La première ligne porte : « *Catherine* DESRULEIS », et il faut lire : « *Catherine* DESURLEIS », comme le prouve, du reste, la discussion immédiate sur les différentes formes de ce nom.

Il faut aussi ajouter, page 89, ligne 11, le nom de « *Madeleine* BÉJART », après celui de « *Georges* PISEL. »

Au sujet des quelques autres fautes typographiques, qui, malgré tout notre désir de présenter un texte correct, pourraient se

rencontrer encore, le lecteur est prié de
penser et de redire avec Horace :

> *Non ego paucis*
> *Offendar maculis, quas aut incuria fudit,*
> *Aut humana parum cavit natura.*
>
> (Épître aux Pisons, vers 351-353.)

A. CLAUDIN.

TABLE DES MATIÈRES

LUTETIÆ PARISIORUM

Ex Officina ELZEVIRIANA Rediviva

Cura et impensis
A. CLAUDIN

TYPIS M. PILLET ET D. DUMOULIN

A PARIS

DE LA NOUVELLE TYPOGRAPHIE ELZEVIRIENNE

Par les soins et aux frais de
A. CLAUDIN
EN L'IMPRIMERIE
DE
A. PILLET ET D. DUMOULIN

v, rue des Grands-Augustins

———

cIɔ. Iɔ. ccc. Lxxx

TYPOGRAPHIA ELZEVIRIANA REDIVIVA

ÉDITIONS ELZÉVIR AVEC EAUX-FORTES

Semblables au présent volume

PUBLIÉES PAR A. CLAUDIN, ÉDITEUR

LE TARTUFFE par ordre de Louis XIV. — Études sur Molière. — Le véritable prototype de l'Imposteur, recherches nouvelles, pièces inédites, publiées par LOUIS LACOUR. Avec une ravissante eau-forte par RIBALLIER, d'après Romeyn de Hooghe, représentant l'hypocrisie terrassée par la satire. (*Épuisé*).

> *Le Tartuffe par ordre de Louis XIV* forme la tête d'une collection de petits volumes avec frontispices à l'eau-forte, que nous faisons imprimer avec des soins minutieux, à l'instar des plus belles éditions des Elzevier. — Bien que cette première publication, tirée à petit nombre, soit épuisée dans nos magasins, nous pouvons fournir des exemplaires qui nous rentrent de temps en temps des dépôts. — Les prix auxquels nous les cédons sont les suivants : papier teinté, 10 fr. (avec une *double épreuve* ajoutée, en bistre ou à la sanguine); — papier de Hollande (avec *triple épreuve*), 15 fr.; — papier de Chine (avec *triple épreuve*), 25 fr.

UN BISAIEUL DE MOLIÈRE, recherches sur les Mazuel, musiciens des XVIe et XVIIe siècles, alliés de la famille Poquelin, par ERN. THOINAN. Avec très beau frontispice gravé à l'eau-forte par H. RIBALLIER, d'après Sébastien Le Clerc. — Tiré à petit nombre.

— Papier teinté anglais. Prix : .... 4 fr.
— Papier de Hollande, avec double épreuve à la sanguine. Prix : .... 5 fr.
— Papier de Hollande, avec triple épreuve en noir et en couleur et AVANT LA LETTRE sur papier Japon. *Tiré à cent exemplaires numérotés à la presse.* Prix : .... 6 fr.
— Papier de Chine, avec triple suite en noir et en couleur, avec et avant la lettre. *Tiré à 30 exemplaires numérotés à la presse.* Prix : .... 10 fr.

> Ce volume sur la famille de Molière est une petite perle typographique que nous nous permettons de recommander aux véritables amateurs. C'est la plus parfaite imitation qui ait été faite jusqu'ici des éditions des Elzevier. Non seulement le titre, mais une partie du texte est imprimée en rouge et noir comme dans le Térence et le Virgile de ces imprimeurs célèbres. Un nouveau tableau généalogique inédit de la famille de Molière, imprimé en deux couleurs avec filets, présentait les plus grandes difficultés typographiques, qui ont été heureusement vaincues.

Sous presse :

CHAPELAIN VENGÉ, par R. KERVILER, avec frontispice allégorique et portrait gravé de Chapelain, d'après Nanteuil.

Paris. — Typ. Pillet et Dumoulin, 5, rue des Grands-Augustins.